O DIQUE

MICHAEL MCDOWELL

O DIQUE

BLACKWATER·II

TRADUZIDO POR FABIANO MORAIS

ARQUEIRO

Título original: *The Levee*

Copyright © 1983 por Michael McDowell
Copyright da tradução © 2025 por Editora Arqueiro Ltda.

Edição publicada mediante acordo com The Otte Company
por meio da Piergiorgio Nicolazzini Literary Agency (PNLA)
junto com a LVB & Co. Agência e Consultoria Literária.
Todos os direitos reservados. Nenhuma parte deste livro
pode ser utilizada ou reproduzida sob quaisquer meios
existentes sem autorização por escrito dos editores.

coordenação editorial: Gabriel Machado
produção editorial: Guilherme Bernardo
preparo de originais: Victor Almeida
revisão: Elisa Rosa e Suelen Lopes
diagramação: Abreu's System
capa: Monsieur Toussaint Louverture e Pedro Oyarbide
adaptação de capa: Ana Paula Daudt Brandão e Pedro Oyarbide
impressão e acabamento: Lis Gráfica e Editora Ltda.

CIP-BRASIL. CATALOGAÇÃO NA PUBLICAÇÃO
SINDICATO NACIONAL DOS EDITORES DE LIVROS, RJ

M144d

McDowell, Michael, 1950-1999
   O dique / Michael McDowell ; tradução Fabiano
Morais. – 1. ed. – São Paulo : Arqueiro, 2025.
   272 p. ; 16 cm.   (Blackwater ; 2)

   Tradução de: The levee
   Sequência de: A enchente
   Continua com: A casa
   ISBN 978-65-5565-776-0

   1. Ficção americana. I. Morais, Fabiano.
II. Título. III. Série.

                                 CDD: 813
25-95877   CDU: 82-3(73)

Meri Gleice Rodrigues de Souza – Bibliotecária – CRB-7/6439

Todos os direitos reservados, no Brasil, por
Editora Arqueiro Ltda.
Rua Artur de Azevedo, 1.767 – Conj. 177 – Pinheiros
05404-014 – São Paulo – SP
Tel.: (11) 2894-4987
E-mail: atendimento@editoraarqueiro.com.br
www.editoraarqueiro.com.br

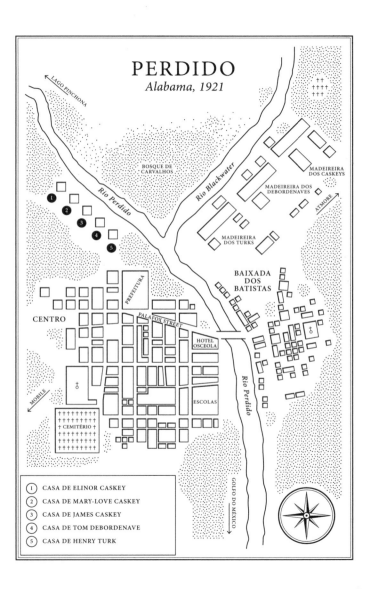

As famílias
Caskey, Sapp e Welles – 1921

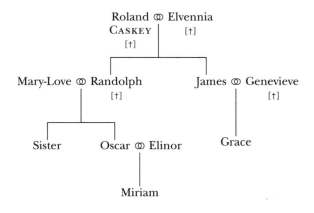

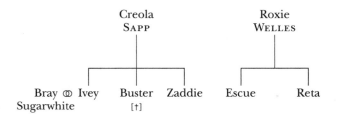

CAPÍTULO 1

O engenheiro

– Senhor Deus, proteja-nos das inundações, dos incêndios e dos animais enlouquecidos.

Essa era a prece de Mary-Love Caskey antes de cada refeição. Ela a aprendera com a mãe, que escondia prata e galinhas da cobiça dos saqueadores ianques. Agora, um quarto perigo era acrescentado silenciosamente às mentes dela e de Sister: *Senhor Deus, proteja-nos de Elinor Dammert Caskey.*

Elinor, afinal de contas, era uma mulher a ser temida. Havia trazido problemas e surpresas às vidas bem estáveis dos Caskeys em Perdido, Alabama. Após ter surgido misteriosamente no Hotel Osceola no auge da grande inundação de 1919, ela enfeitiçou James Caskey – cunhado de Mary-Love – e depois Oscar, seu filho.

Casara-se com Oscar contra a vontade de Mary-Love. Elinor ostentava cabelos vermelhos como a lama do rio Perdido, mas nenhum parente ou recurso financeiro. No fim, tomou Oscar e o levou para a casa ao lado, deixando a própria filha como pagamento pelo direito de partir.

Isso só demonstrava que Elinor não media esforços no campo de batalha. Era uma adversária formidável para Mary-Love, cuja soberania nunca havia sido contestada.

Se antes Mary-Love e Sister eram superprotetoras em relação à bebê Miriam, agora a mantinham ainda mais colada ao peito! Duas semanas tinham se passado desde a mudança de Elinor e Oscar, e até o momento a mulher não demonstrara sinais de se arrepender da barganha.

Mary-Love tinha 55 anos, ou seja, jamais teria outro filho do próprio ventre. Sister beirava os 30, mas sem perspectivas de se casar – a filha de que a cunhada abdicara era, muito provavelmente, a única criança que poderia chamar de sua.

As duas não deixavam Miriam sozinha nem por um instante, por medo de que Elinor – que observava por detrás das cortinas recém-colocadas do salão dos fundos de sua casa – viesse correndo pegar a criança nos braços e levá-la de volta, sorrateira e triunfante. Nenhuma das duas pretendia abrir mão da bebê, ainda que o mundo e a lei o exigissem.

A princípio, Mary-Love e Sister tinham se preparado para visitas constantes de Elinor. Estavam certas de que ela sugeriria maneiras melhores de fazer isto ou aquilo pela criança, que se debulharia em lágrimas e imploraria para ficar com Miriam por ao menos uma hora todas as manhãs, que olharia para a filha no berço com um ar sonhador e que buscaria, a todo o momento, oportunidades de levá-la embora.

Mas Elinor não fez nada disso. Na verdade, nunca vinha ver a filha. Balançava serenamente em seu banco na varanda da casa nova, corrigindo a pronúncia de Zaddie Sapp, que se sentava aos seus pés com um livro de leitura do sexto ano.

Educada, Elinor cumprimentava Sister e Mary-Love quando as via – ou pelo menos quando era impossível fingir que não as vira –, mas nunca pedia para visitar a criança. As duas, que jamais haviam estado tão unidas sobre nenhum outro assunto, confabulavam e tentavam descobrir se deviam ou não confiar em Elinor. Por segurança, decidiram que a atitude indiferente dela deveria ser considerada uma tática para fazê-las baixar a guarda. Sendo assim, mantiveram-se vigilantes.

Aos domingos, as duas se revezavam para ficar em casa com a criança durante o culto matinal.

Uma ou outra se sentava ao mesmo banco com Elinor, cumprimentando-a com educação, e falava algo se as circunstâncias permitissem. Um dia, de modo a provocar Elinor, Mary-Love sugeriu a Sister que *as duas* fossem à igreja.

Ao ver que estavam ali juntas, Elinor perceberia que a pequena Miriam estava sozinha, protegida apenas por Ivey Sapp, mas não poderia fugir do culto para pegar a filha. Sister e Mary-Love sempre tinham o cuidado de só sair de casa nas manhãs de domingo depois de verem que Oscar e Elinor tinham ido de carro para a igreja, por medo de que um dia ela ficasse para trás e roubasse a menina antes que o primeiro hino fosse cantado.

Certo domingo, no entanto, Mary-Love e Sister estavam longe da janela quando Oscar saiu com o carro. Elas imaginaram que Elinor tivesse ido com ele. Quando chegaram à igreja, as duas descobriram, horrorizadas, que a mulher ficara em casa para cuidar de Zaddie, que estava com caxumba. Elas acompanharam os hinos com vozes trêmulas, não ouviram uma só palavra do sermão, esqueceram-se de se levantar na hora certa e continuaram de pé quando deveriam ter se sentado.

Retornaram às pressas para casa e, quando chegaram, viram que Miriam dormia a sono solto no berço que ficava na varanda lateral. Inclinada sobre ela, Ivey murmurava uma cantiga. Na casa ao lado, Elinor estava sentada na varanda da frente com o *Livro de registros* de Mobile. Ela poderia facilmente ter ido até a outra varanda, afastado Ivey com uma palavra ríspida, tirado Miriam do berço e voltado para casa. Mas não fez isso.

Elinor não tinha o menor desejo de recuperar a filha, concluíram Sister e Mary-Love.

Convencidas de que a mulher tinha desistido de Miriam, por mais inconcebível que isso parecesse, começaram a se perguntar o que Oscar pensava daquilo tudo. Ele visitava a mãe e a irmã às vezes, embora nunca fizesse as refeições com elas e nunca entrasse na casa, restringindo-se à varanda lateral. De vez em quando, no fim da tarde, se as visse na varanda, vinha se sentar no banco suspenso por alguns minutos. Cumprimentava a irmã e a mãe, se inclinava sobre o berço e dizia "Como vai, Miriam?", como se esperasse que a criança de 6 meses o cumprimentasse também.

Não parecia especialmente interessado na filha, e apenas meneava a cabeça ou abria um leve sorriso quando Sister descrevia algum acontecimento surpreendentemente avançado ou incrivelmente cômico no desenvolvimento de Miriam. Então, despedindo-se com a desculpa de que Elinor estaria se perguntando de seu paradeiro, dizia: "Até logo, mamãe. Tchau, Sister. Adeusinho, Miriam." Diante da repetição desse padrão, que servia apenas para enfatizar como a companhia e a proximidade das duas não eram cativantes, Sister e Mary-Love entenderam que, ao ganharem Miriam e se livrarem de Elinor, também tinham perdido Oscar.

⁓

Naquele novo casarão nos limites da cidade, Oscar e Elinor zanzavam pelos dezesseis cômodos que tinham à disposição. No fim da tarde, os dois se sentavam à mesa do café da manhã e comiam as sobras frias do almoço.

A porta da cozinha ficava aberta para que Zaddie, que se sentava ao balcão com um prato idêntico, não se sentisse sozinha. Em noites alternadas, quando o filme em cartaz mudava, Oscar e Elinor iam ao Ritz. Embora o ingresso custasse apenas 5 centavos, sempre davam 25 centavos a Zaddie para que comprasse um lugar na galeria dos negros, quer ela fosse ou não.

Quando chegavam em casa, os dois se sentavam em um dos quatro bancos suspensos no quarto-varanda do andar de cima. Passados alguns instantes, enquanto Oscar fazia o banco balançar a esmo com a ponta do sapato, Elinor se virava e pousava a cabeça no colo dele. Juntos, ficavam olhando pela tela para o rio Perdido que, iluminado pelo luar, fluía quase em silêncio atrás da casa.

Quando Oscar falava, era sobre o trabalho, sobre o progresso heroico dos carvalhos-aquáticos (que, depois de apenas dois anos de crescimento, já tinham quase 1 metro) ou sobre alguma fofoca que tivesse ouvido pela manhã na barbearia.

No entanto, Oscar nunca mencionava a filha, embora a janela do quarto de Miriam fosse visível do banco em que se balançavam. Às vezes, as luzes da janela estavam acesas, e Mary-Love ou Sister apareciam brevemente, ocupadas, indo de um lado para outro enquanto cuidavam da filha que ele "havia perdido".

Elinor já esperava outro filho, mas essa gravidez parecia a Oscar muito mais lenta do que a primeira. A barriga da mulher crescia menos, portanto ele insistiu que Elinor se consultasse com o Dr. Benquith. Ela seguiu o conselho e voltou dizendo que estava tudo bem. Mesmo assim, Elinor cedeu ao pedido de Oscar de não voltar a dar aulas naquele outono e, para a surpresa dele, parecia contente em passar o dia inteiro em casa. Além disso, por uma questão de decência e para tranquilizar Oscar, desistiu de nadar pelas manhãs no rio Perdido.

No entanto, apesar das precauções da mulher e das garantias do Dr. Benquith, Oscar continuava insatisfeito e apreensivo.

～

Mary-Love Caskey teria gostado que Perdido reconhecesse sua vitória na batalha contra a nora. E como a cidade poderia pensar o contrário, quando o troféu ficara com Mary-Love?

Ainda que Miriam tivesse sido conquistada às custas do afeto do próprio filho, mais cedo ou mais tarde Oscar acabaria indo embora com alguém. No entanto, nenhum filho era capaz de se afastar de forma permanente da mãe. Mary-Love não tinha a menor dúvida de que Oscar um dia voltaria para ela e, quando esse dia chegasse, sua vitória seria ainda mais doce!

Mas, para a tristeza de Mary-Love, Perdido não enxergava as coisas dessa forma. Quando a poeira baixou, o que a cidade viu foi Elinor Caskey no topo da colina, balançando uma bandeira imaculada. Ela abdicara da única filha, mas não parecia se importar com isso.

E mais: Elinor não agia como uma mulher derrotada. Ainda que não visitasse a sogra, a cunhada e a filha abandonada, em público era perfeitamente cortês e amistosa com elas. Não se notava nem uma gota de ironia, sarcasmo ou rancor em seu tom de voz. Ninguém nunca a ouvira falar uma palavra contra Mary-Love ou Sister. Ela tampouco havia tentado fazer Caroline DeBordenave ou Manda Turk se voltarem contra Mary-Love ao ganhar intimidade com as mulheres ou com suas filhas.

Elinor não se opunha às visitas de Oscar à casa da mãe e nunca fazia o marido se sentir culpado por ter ido até lá. Mandava Zaddie entregar na casa da sogra caixas de pêssegos e garrafas de néctar de amora que ela mesma preparava. Mas nunca botava o pé naquela casa, nunca perguntava sobre a saúde da filha e nunca convidava Mary-Love ou Sister para ver como a nova residência tinha ficado depois de decorada e mobiliada.

Assim, uma vez convencida de que a nora não tentaria reaver Miriam, Mary-Love decidiu que Elinor não havia sido humilhada o suficiente. Então começou a buscar uma maneira de derrotá-la de uma vez por todas.

Um ano e meio antes, um dia depois que Elinor anunciou sua primeira gravidez, um homem chamado Early Haskew chegou a Perdido. Ele tinha 30 anos, cabelos castanhos e um bigode espesso da mesma cor. Sua pele era queimada de sol, com braços fortes, pernas longas e um guarda-roupa que parecia consistir unicamente de calças cáqui e camisas brancas.

Early havia se formado na Universidade do Alabama e tinha sofrido ferimentos superficiais na Batalha do Marne. Durante sua estadia na França, aprendera tudo o que pôde sobre terraplanagem. A impressão era que a terra dominava sua consciência, e ele só se sentia confortável de verdade com os pés grandes plantados em solo firme. Além disso, sempre parecia ter terra debaixo das unhas e nos vincos da pele queimada. Mas ninguém que o visse pensava ser negligência com a higiene pessoal; a terra simplesmente fazia parte daquele homem, portanto ele era irrepreensível. Era engenheiro e tinha vindo a Perdido para verificar a possibilidade de proteger a cidade de futuras enchentes, construindo uma série de barragens ao longo das margens dos rios Perdido e Blackwater.

Com a ajuda de dois alunos pesquisadores da Politécnica de Auburn, Haskew loteou a cidade, mediu a profundidade dos rios, bem como as zonas acima do nível do mar. Examinou os registros da prefeitura e anotou as marcas deixadas pela enchente de 1919, que já se apagavam. Ele falou com os capatazes das madeireiras que usavam os rios para transportar as toras, tirou fotografias das áreas mais próximas das margens e despachou cartas com perguntas a engenheiros em Natchez e Nova Orleans.

Recebia um salário de James Caskey, fato desconhecido por todos, exceto os membros do conselho municipal. Ao final de oito semanas – durante as quais parecia estar em todos os lados com seus mapas, instrumentos, cadernos de anotações, câmeras, lápis e assistentes –, Early desapareceu. Prometera enviar plantas detalhadas dentro de três meses, mas James recebeu uma carta pouco depois de o homem partir, anunciando que não conseguiria cumprir o prazo, pois o Exército o chamara para um serviço em Camp Rucca. Early Haskew ainda era reservista.

Agora, no entanto, o serviço já havia acabado e ele estava de volta a Perdido com a intenção de concluir seu projeto o mais rápido possível. Quem poderia saber quando as águas voltariam a subir?

Early costumava viver com a mãe em Pine Cone,

à beira das planícies do Wiregrass no Alabama. Ela morrera recentemente, e Haskew não havia sentido necessidade de voltar à pequena cidade. Ele vendeu a casa da mãe e escreveu para James Caskey, perguntando se o dono da madeireira faria a gentileza de lhe arranjar um lugar para morar. Early pretendia não só fornecer o projeto como também supervisionar a construção do dique (caso o conselho municipal o julgasse apto), de modo que talvez ficasse até dois anos em Perdido. E dois anos era tempo suficiente para justificar a compra de uma casa.

Certa noite, James mencionou essa notícia a Mary-Love. Ele havia considerado essa informação interessante, mas não de grande importância, então ficou espantado com a veemência com que a cunhada se agarrou a ela.

– Ah, James! – exclamou. – Não deixe aquele homem comprar uma casa!

– Por que não? – perguntou James, sereno. – Se ele quer e tem como pagar...

– É um desperdício de dinheiro!

– Ora, o que quer que o homem faça, mamãe? – indagou Sister, sentada de lado em sua cadeira à mesa, balançando Miriam com o joelho enquanto Grace, de 9 anos, estendia o dedo para a bebê segurar e manter o equilíbrio.

– Não quero que ele jogue dinheiro fora – falou Mary-Love. – Quero que venha morar conosco. Temos aquele quarto extra que era de Oscar, que tem banheiro privativo e uma sala de estar onde cabe a mesa de desenho. Acho que até vou comprar uma daquelas para mim – ponderou ela, ou ao menos pareceu ponderar. – Sempre quis uma.

– Não quis nada – retrucou Sister, contradizendo a mãe. – Passe as ervilhas, por favor.

– Quis, sim!

– Mary-Love, por que quer que o Sr. Haskew venha morar aqui? – perguntou James.

– Porque Sister e eu nos sentimos sozinhas e o Sr. Haskew precisa de um lugar para morar. Ele não vai querer viver sozinho. Quem vai cozinhar para ele? Quem vai lavar suas roupas? Ele é um bom homem. Nós o convidamos para jantar um dia quando esteve aqui antes, lembra? James, lhe informe que pode ficar aqui conosco, nesta casa grande e aconchegante.

– Ele comeu as ervilhas direto da faca – acrescentou Sister. – Mamãe, a senhora disse que nunca tinha visto um homem decente fazer isso em público. Ficou se perguntando de que tipo de família ele vinha. Eu fui a única nesta casa a ser simpática com ele. Uma noite, o Sr. Haskew veio falar com

Oscar, e Elinor se levantou da cadeira na mesma hora e saiu andando, sem nem deixar que Oscar a apresentasse. Foi a coisa mais rude que já vi na vida.

– Por que acha que ela fez isso? – perguntou James, que de repente teve um palpite do motivo por trás da proposta entusiasmada e inesperada da cunhada.

– Não sei – apressou-se a responder Mary-Love. – O que *quero* saber, James, é se você vai escrever a carta para ele ou terei eu mesma que fazer isso.

James deu de ombros.

– Vou escrevê-la amanhã no escritório...

– Por que não hoje à noite?

– Mary-Love, como sabe se o homem vai aceitar a proposta? Pode ser que ele não *queira* morar aqui.

– E por que não? – exigiu saber Mary-Love.

– Bem – falou James após uma pausa –, talvez ele não queira morar numa casa em que precise ouvir o choro de uma bebê.

– Miriam não chora – disse Sister, indignada.

– Eu sei que não – retrucou James –, mas os bebês costumam chorar, e Early Haskew não sabe que esse é um caso especial.

– Ora, explique para ele – falou Mary-Love.

Assim, James concordou em escrever a carta naquela mesma noite.

– E, James – sussurrou Mary-Love ao acompanhar o cunhado até a porta mais tarde –, só mais uma coisa: nem uma palavra a Oscar a respeito disso, e tampouco a Elinor. Quero que esteja tudo decidido antes de darmos a notícia. Quero que seja uma grande surpresa!

CAPÍTULO 2
Planos e previsões

Early Haskew recebeu cartas tanto de Mary-Love quanto do cunhado dela, abrindo-lhe as portas da casa da senhora e oferecendo um lugar à mesa durante toda a estadia do engenheiro em Perdido.

Early redigiu uma resposta sem rodeios, mas educada, em que recusava a oferta, alegando que não queria se aproveitar da cidade e, em especial, da família que já lhe oferecia um emprego lucrativo por tanto tempo. Mais duas cartas chegaram: uma de James, dizendo que a oferta não visava prejudicá-lo ou forçá-lo a nada, mas que, como não havia casas disponíveis para compra, aquela parecia ser a melhor solução; outra de Mary-Love, em que reclamava que havia acabado de comprar uma mesa de desenho e não saberia o que fazer com aquilo se ele fosse morar no Hotel Osceola.

Tocado pela segunda resposta, Early Haskew acabou por capitular. No entanto, insistiu em pagar 10 dólares por semana pelo quarto e pelas refeições.

O engenheiro chegou a Perdido em março de 1922. Bray Sugarwhite foi buscá-lo de automóvel na estação de Atmore, e ele adentrou a casa de Mary-Love a tempo para o jantar naquela tarde de quarta-feira.

Sister ficou imediatamente tímida perto do homem, que era grande, bonito e desenvolto de um jeito nem um pouco típico da população masculina de Perdido. Early era sem dúvida diferente de Oscar, que era discreto e sutil à sua maneira. Também não era nada parecido com James, cuja discrição e sutileza eram ainda maiores.

Não havia nada de discreto, sutil ou delicado em Early Haskew. Durante o jantar, por várias vezes ele quase deixou cair comida na toalha de mesa, fez retinir os talheres, sua xícara respingou chá e ele usou o guardanapo constantemente. Ivey foi chamada três vezes para substituir o garfo dele por ter caído no chão.

Quando Early mencionou que a mãe dele era quase surda, todos logo compreenderam seu hábito de falar alto e exagerar na pronúncia das palavras. Ele também contou que a mãe nascera em Early, no condado de Fairfax, na Virgínia, e por isso lhe dera aquele nome de batismo incomum. Com seus gestos amplos e os pequenos acidentes que cometia à mesa, Haskew fazia o cômodo parecer pequeno demais, como se o gigante de um circo itinerante tivesse sido obrigado a morar com anões.

Até onde Sister se lembrava, um homem daquele tipo nunca tinha se sentado à mesa de Mary-Love. Afinal, a mãe era requintada até o último fio de cabelo. Sister se perguntava por que ela estava disposta a tolerar as indelicadezas de Early, questionando se aquela hospitalidade era sincera.

– Sr. Haskew – disse Mary-Love com um sorriso que só poderia ser descrito como exultante –, espero que me salve e salve a minha família das enchentes.

– É o que pretendo fazer, Sra. Caskey – respondeu Early com a voz em uma altura que ela teria ouvido mesmo se estivesse sentada à mesa na casa de Elinor. – Foi isso que me trouxe até aqui. E devo dizer que gostei muito do meu quarto lá em cima. A senhora só não precisava ter se dado o trabalho de comprar aquela mesa de desenho!

– Se aquela mesa puder nos salvar de outra enchente, vai ter valido cada centavo. Além disso, não creio que o senhor tivesse vindo morar conosco se não a tivéssemos ali à sua espera.

Depois do jantar, quando James voltou à fábrica e Mary-Love, Sister e Early estavam sentados na varanda com suas xícaras de chá, eles viram Zaddie Sapp passar, indo fazer algo a pedido de Elinor.

Mary-Love se apressou a falar em voz baixa:

– Sister, diga para Zaddie vir um pouco aqui à varanda.

Zaddie ficou desconfiada com aquela convocação, pois era a favor de Elinor e, portanto, não exatamente bem-vinda na casa de Mary-Love, ou sequer naquela varanda. A garota continuava a passar o ancinho no quintal de Mary-Love todos os dias, mas a senhora mal a cumprimentava.

– Olá, Zaddie – falou Mary-Love. – Entre. Quero apresentá-la a uma pessoa.

A menina atravessou a porta de tela, chegou à varanda lateral e olhou para Early.

– Zaddie, este é Early Haskew. O homem que vai salvar Perdido da próxima enchente.

– Como, senhora?

– O Sr. Haskew vai construir um dique para salvar Perdido!

– Sim, senhora – falou Zaddie educadamente.

– Como vai, Zaddie? – bradou Early, fazendo a garota piscar diante da força de sua voz.

– Vou bem, Sr. Skew.

– Haskew, Zaddie – corrigiu Sister.

– Vou bem – repetiu a garota.

– Agradeça ao Sr. Haskew, Zaddie, por nos salvar da próxima enchente – instruiu Mary-Love.

– Obrigada, senhor – falou a menina, obediente.

– Disponha, Zaddie.

Zaddie e Early se entreolharam um pouco intrigados, pois nenhum dos dois fazia ideia do motivo daquele encontro. Ela se perguntava por que tinha sido chamada para ser apresentada a um homem branco se, na manhã daquele mesmo dia, havia sido enxotada ao tentar olhar Miriam no berço. E Early se perguntava se Mary-Love pretendia apresentá-lo a todo homem, mulher e criança, fossem brancos, negros ou indígenas, cujas vidas e propriedades pudessem ser protegidas pelo dique que pretendia construir em volta da cidade.

Sister sabia a resposta. Zaddie tinha a eficiência de um telégrafo para espalhar informações. Por isso, agora era tão certo que Elinor saberia da presença de Early Haskew na casa de Mary-Love quanto se um homem da Western Union batesse à sua porta para lhe entregar a mensagem em um envelope amarelo.

– Estamos atrasando você, menina – disse Mary-Love a Zaddie. – Não ia fazer algo para Elinor?

– Sim, senhora. Tenho que buscar um pouco de parafina.

– Então vá – ordenou Mary-Love, e Zaddie foi embora correndo.

A senhora se virou para Early e disse:

– Zaddie mora com Elinor e Oscar. O senhor já conheceu meu filho.

– Sim, senhora.

– Mas não conheceu a esposa dele, Elinor, minha nora?

– Não, senhora.

– Suponho que vá conhecer – disse Mary-Love, em tom casual. – Ou melhor, espero que tenha essa oportunidade. Eles moram aqui ao lado, naquele casarão branco. Mandei construí-lo para os dois como presente de casamento.

– É uma linda casa!

– Eu sei. Mas o senhor verá, quando tiver passado mais tempo aqui, que não há muitas idas e vindas entre as duas propriedades.

– Não, senhora – falou Early, educado, como se entendesse o que ela queria dizer.

– Bem… – prosseguiu Mary-Love, hesitante, e concluiu de forma abrupta: – Isso é tudo.

A assembleia do conselho municipal daquela noite contou com a presença não só dos membros eleitos – Oscar, Henry Turk, Dr. Leo Benquith e três outros homens – como também de James Caskey e Tom DeBordenave, uma vez que eram proprietários de madeireiras e partes interessadas no projeto. Foi diante dessa plateia que Early Haskew apresentou um plano geral, um cronograma e uma previsão de despesas para a construção das barragens.

O dique teria que ser feito em três partes. O trecho maior e mais substancial seria erguido dos dois lados do rio Perdido, logo antes da confluência. Isso protegeria o centro da cidade e a área das casas dos trabalhadores das madeireiras, a oeste do rio, e a Baixada dos Batistas, a leste. A ponte que cruzava o rio próximo do Hotel Osceola seria alargada e erguida até a altura do dique, com o acréscimo de rampas de acesso. Em grande medida, tratava-se de um dique municipal, pois protegia a maior parte das zonas residenciais e comerciais de Perdido.

Um segundo dique, com 800 metros de comprimento e conectado ao primeiro, seria erguido na margem sul do rio Blackwater, que vinha do nordeste da cidade desde a nascente no pântano de ciprestes. Esse protegeria as três madeireiras. O terceiro trecho era o mais curto de todos: seguiria ao longo da margem sul do rio Perdido, acima da confluência, protegendo as cinco casas que pertenciam a Henry Turk, Tom DeBordenave, James, Mary-Love e Oscar Caskey. Esse dique terminaria cerca de 100 metros depois do limite da cidade. Quando os rios subissem de novo, como fatalmente aconteceria, as barragens protegeriam a cidade e apenas as planícies desabitadas ao sul de Perdido, ao longo do curso do rio, seriam inundadas.

Em quatro meses, Early teria planos detalhados. A construção do dique poderia começar logo depois. As obras levariam no mínimo quinze meses, ao longo do baixo Perdido, e seis meses para cada uma das barragens secundárias. O custo estimado era de cerca de 1,1 milhão de dólares, um valor que deixou o conselho municipal momentaneamente aturdido.

Early cruzou os braços pelo restante da assembleia enquanto os líderes de Perdido debatiam a questão. Em 1919, a cidade tivera como prejuízo um valor consideravelmente maior do que o custo previsto do dique. Se a cidade crescesse e as fábricas cortassem mais árvores e produzissem mais madeira, Perdido ficaria ainda mais arruinada em uma próxima enchente. Assim, se o dinheiro pudesse ser obtido de alguma forma, o dique deveria ser construído.

James e Oscar concordaram em pagar os custos de Early enquanto ele traçava os planos detalhados para o dique. Essa seria a contribuição dos Caskeys à cidade que os havia patrocinado. Uma vez autorizado e incentivado a seguir em frente, Early deixou a assembleia.

Depois que o engenheiro foi embora e que muitos declararam seu apreço ao homem, os líderes da cidade examinaram os números de Early mais uma vez, determinando que o dique municipal custaria 700 mil dólares, o dique ao longo de Blackwater custaria 250 mil e, por fim, o dique ao longo do alto Perdido, por trás das casas dos donos das madeireiras, custaria 150 mil.

Em uma reunião separada, os empresários decidiram que deveriam arcar com os custos da barragem que ficaria atrás de suas casas e dividir com o município os custos do dique que protegeria as madeireiras. Isso reduziria o encargo da cidade para 825 mil dólares, o que pelo menos parecia um melhor negócio do que 1,1 milhão.

James concordou em ir até Bay Minette e fazer uma visita ao legislador do condado de Baldwin para avaliar a possibilidade de ser emitida uma letra de câmbio por meio do governo estadual. Tom DeBordenave falaria com os bancos em Mobile.

Apesar de tudo, todos se sentiram melhor depois da assembleia. A enchente de 1919 tinha sido tão desastrosa, tão inesperada, e a cidade havia se mostrado tão despreparada, que até esse primeiro passo para protegê-la pareceu um grande avanço ao conselho municipal. Eles imaginaram como seria ter as barragens. As águas dos rios Perdido e Blackwater poderiam subir contra os açudes de Early Haskew, mas as crianças de Perdido, sorridentes, continuariam a brincar de pular corda e a jogar bolas de gude na terra seca muito abaixo do nível da água escura e revolta que se agitava, ameaçadora, do outro lado.

∽

Naquela noite, enquanto Oscar participava da assembleia na câmara municipal, Elinor se sentou com suas costuras na varanda do andar de cima. Zaddie se juntou a ela e lhe contou sobre o acontecimento estranho na casa da Sra. Mary-Love à tarde.

– Por que ela quis que eu conhecesse aquele homem? – perguntou Zaddie com curiosidade, confiando que Elinor saberia dar uma resposta.

Elinor largou as costuras. A boca dela ficou tensa. A mulher se levantou e andou até o parapeito da varanda. Mesmo com a barriga de grávida, o jeito decidido de andar de Elinor não tinha se alterado tanto, ganhando apenas um leve gingado, e ela se deslocava só com um pouco de dificuldade.

– Você não sabe, Zaddie?

– Não, senhora.

Elinor se virou e, mal contendo a raiva, disse:

– Ela queria que você conhecesse aquele homem para vir aqui me contar tudo. Foi por isso!

– Senhora?

– Zaddie, você sabe que a Sra. Mary-Love não vai me dirigir a palavra…

– Não mesmo, senhora! – concordou Zaddie enfaticamente, como se aquela situação toda fosse algum estratagema sagaz de Elinor.

– … mas ela queria que eu soubesse que *aquele homem* voltou à cidade.

– O Sr. Skew?

Elinor assentiu, seu rosto fechado.

– Por que a Sra. Mary-Love quer que a senhora saiba disso?

– Porque ela sabe o quanto odeio Early Haskew. Ela fez isso para me perturbar, Zaddie. E vou dizer o seguinte: estou *mesmo* perturbada!

– Por quê?

– Zaddie, você não entende? Não faz ideia?

– Não, senhora.

– Sabe o que aquele homem quer fazer? Ele quer represar os rios. Quer construir barragens em volta da cidade para impedir que os rios transbordem.

– Mas, Sra. Elinor, a gente não quer mais enchentes! – falou Zaddie, cautelosa. – Ou quer?

– Não haverá mais enchentes – falou Elinor, taxativa.

– Ivey diz que pode haver. Ela diz que tudo depende dos esquilos.

– Ivey não sabe do que está falando – retrucou Elinor. – Ela não sabe nada sobre enchentes.

A mulher andava de um lado para outro junto ao parapeito da varanda, olhando ora para a casa de Mary-Love, ora para sua bela plantação de carvalhos-aquáticos, mas, acima de tudo, encarando o rio Perdido vermelho-lama, que corria rápido e silencioso por trás da casa.

Zaddie estava imóvel, agarrando a corrente do banco suspenso enquanto observava a Sra. Elinor.

– Ninguém aqui sabe nada sobre enchentes ou rios, Zaddie. Era de se esperar que tivessem aprendido alguma coisa, não acha? Depois de viverem tanto tempo aqui, onde todas as vezes que olham pela janela veem o Perdido passar, onde todas as vezes que vão ao trabalho ou à loja têm que atravessar uma ponte e ver a água correndo, onde apanham peixes para o jantar no sábado à noite, onde seus filhos são batizados e onde seus caçulas se afogam. Era de se esperar que soubessem alguma coisa a esta altura, não acha, Zaddie?

– Sim, senhora – falou Zaddie baixinho, mas a Sra. Elinor sequer se virou para olhar para a menina.

– Mas não sabem! – decretou Elinor com amargura. – Não sabem nada! Vão contratar *aquele homem* para construir barragens, vão fingir que os rios não estão mais ali. E, Zaddie, a Sra. Mary-Love fará de tudo para apoiar esse projeto, mesmo que precise tirar dinheiro do próprio bolso. E sabe por quê?

– Por quê?

– Para me humilhar. É por isso, e só por isso, que ela está agindo dessa forma. Por Deus, aquela mulher me odeia!

Elinor deu meia-volta de repente e se deixou cair no banco suspenso. Olhou para Zaddie, que se sentara com cautela ao lado dela no banco. Com um chute ágil, Elinor fez o banco balançar. Apertou a barriga com as mãos e, quando falou, suas palavras pareceram acompanhar o ritmo da corrente que oscilava:

– Zaddie, você sabe o que vamos ver daqui a alguns meses quando nos sentarmos neste banco?

– Não, senhora. O quê?

– Vamos ver um monte de terra. *Aquele homem* vai bloquear nossa vista do rio com um monte de terra. E Mary-Love vai estar lá fora com uma pá para ajudar, apenas para me enfurecer. E vai colocar uma pá na mão de Sister. Vai pôr Miriam ali fora em uma cesta, se debruçar sobre ela e dizer: "Veja, criança, como vou arruinar a vista da sua verdadeira mãe! Veja só como vou levantar um monte de terra bem diante dos olhos dela!" Ah, que ódio, Zaddie! Que ódio me dá!

Elinor se balançava no banco, olhando para o rio Perdido. Sua respiração estava ofegante e irregular.

– Sra. Elinor, posso fazer uma pergunta? – disse Zaddie, acanhada.

– O quê?

– E se eles não construírem o dique? Não vai ter outra enchente? Algum dia, quer dizer. Sra. Elinor, pessoas morreram naquela enchente!

Elinor fincou o pé no chão e o balanço parou

com um tranco, quase atirando Zaddie para longe. Ela se virou e olhou para o rosto da menina.

– Zaddie, ouça o que vou dizer. Se for construído, aquele dique não vai fazer bem a esta cidade.

– O que a senhora quer dizer?

– Quero dizer que, enquanto eu estiver viva e morando nesta casa, com ou sem dique, não haverá enchentes em Perdido. As águas dos rios não vão subir.

– Sra. Elinor, não tem como...

Elinor ignorou o protesto da menina.

– Mas, Zaddie, quando eu morrer, quer haja um dique ou não, esta cidade e todos que vivem nela vão ser varridos da face da Terra pelas águas...

CAPÍTULO 3

O batismo

Quando deu a Elinor a notícia da chegada de Early Haskew, Zaddie não sabia que aquele homem iria morar na casa ao lado. Mary-Love teria pagado caro pela chance de ver o rosto de Elinor quando soube que Early dormiria na cama do mesmo quarto que ela havia ocupado poucos meses antes.

Sem prever a reação da esposa, Oscar havia mencionado o fato de passagem naquela noite. Na noite seguinte, enquanto passavam pela casa de Mary-Love a caminho do Ritz, os dois viram Early sentado na varanda com Sister. Elinor parou no mesmo instante, deu meia-volta e marchou para casa. Não dirigiu mais uma palavra sequer a Oscar pelo resto da noite. Ela pendurou uma rede na varanda do andar de cima e dormiu com o rio ao alcance da vista.

Mais calma na manhã seguinte, à mesa do café da manhã, falou para o marido:

– Sua mãe quer que eu perca este bebê.

Oscar ergueu o olhar, espantado.

– Elinor, o que quer dizer com isso?!

– Quero dizer que a Sra. Mary-Love quer que eu sofra um aborto. Ela quer que Miriam seja filha única para poder voltá-la contra nós.

Oscar nunca tinha ouvido Elinor falar da filha deles e, naquele momento, ficou pasmo com a perversidade na atitude da mulher.

– Elinor – falou ele, em tom grave –, você está enganada. Por que pensaria uma coisa terrível assim?

– Não há outro motivo para ela ter chamado *aquele homem* para a casa dela.

– O Sr. Haskew?

– *Aquele homem* está dormindo no *seu* quarto, Oscar.

– Eu sei. E acho que a mamãe está fazendo uma coisa boa. Acho que, ao oferecer um lugar aconchegante para o Sr. Haskew desenhar seus projetos, ela acredita que está fazendo algo pelo bem de Perdido. Sabia que ela comprou uma mesa para ele que custou 65 dólares? E gastou outros 15 em uma cadeira com assento giratório? A mamãe só está interessada no bem-estar do Sr. Haskew.

Elinor se virou para o outro lado e olhou pela janela, em direção à casa de Mary-Love.

— Fico enojada quando me sento aqui e olho para aquela casa, sabendo que *aquele homem* está lá dentro, com um lápis e uma régua, desenhando o projeto do dique.

Oscar estava começando a entender.

— Agora, se me lembro bem, você não simpatizou com o Sr. Haskew quando ele esteve aqui mais ou menos um ano atrás…

Elinor olhou para o marido com uma expressão que parecia dizer: *esse é um eufemismo do tamanho do Alabama.*

— Mas achei que não tinha gostado *dele*, do mesmo jeito que não gosta de quiabo. Mas não era isso, certo? Era porque ele estava vindo aqui para construir o dique, e você não gosta desse projeto.

— Isso mesmo. Não gosto do dique, Oscar. A cidade não precisa dele. Não vai haver mais enchentes.

— Elinor, você não pode ter certeza disso. Não podemos correr o risco. Mesmo que eu tivesse a garantia de que ninguém iria morrer, continuaria insistindo que o construíssemos. Sabe quanta madeira perdemos em 1919? Sabe quanto *dinheiro* perdemos? E tivemos sorte. O pobre do Tom De-Bordenave ainda não se recuperou, e nem sei se um dia vai conseguir se recuperar. Se por acaso tivermos outra enchente no ano que vem, eu ficaria muito surpreso se *qualquer um* de nós conseguisse se reerguer.

– As águas não vão subir no ano que vem – disse Elinor, calma.

Oscar olhou para a mulher com uma expressão perplexa.

– Elinor, você não pode se deixar abalar pelo Sr. Haskew. Ele é um homem muito gentil. Tenho certeza que ele não gostaria de saber que está angustiando uma mulher grávida na casa ao lado.

– A Sra. Mary-Love fez isso de propósito – repetiu Elinor.

Eles estavam de volta ao ponto em que começaram. Oscar bufou, levantou-se da mesa e se preparou para sair para o trabalho. Ele sabia que a visão de Elinor estava tão distorcida quanto um objeto observado através de 3 metros de água corrente do rio. Mas, naquela tarde, quando passou pela residência da mãe a caminho de casa, no meio de uma conversa sobre como as coisas estavam indo na fábrica, Mary-Love perguntou:

– Oscar, a Elinor sabe que o Sr. Haskew veio morar aqui conosco?

– Sabe – falou Oscar, lacônico.

Quando um novo assunto era introduzido em uma conversa, o melhor a fazer era responder o mais breve possível. Um homem nunca sabe o que outra pessoa quer extrair dele.

– Bem, e o que ela disse?

As águas do rio já não corriam tão rápido quanto antes. Oscar começava a ver o que jazia no leito agitado tão abaixo da superfície.

– Ela não falou muito, mamãe. Elinor não concorda que a cidade precise de um dique. Não acha que haverá outra enchente. Então, imagino que ela acredite que o Sr. Haskew está perdendo tempo e que estamos jogando nosso dinheiro fora.

Mary-Love bufou com desdém.

– O que Elinor sabe sobre enchentes e barragens? O que sabe sobre as casas e os negócios das pessoas sendo levados pela inundação?

– Bem, ela ficou ilhada. Como a senhora deve se lembrar, Bray e eu a encontramos no Hotel Osceola.

Mary-Love ficou calada, mas o rosto dela entregava de tal forma o desejo de que Elinor tivesse continuado isolada até ter morrido de fome ou de tédio em meio às águas que Oscar respondeu como se ela o tivesse dito em voz alta:

– Mamãe, se eu não tivesse resgatado Elinor e me casado com ela, a senhora não teria Miriam.

– Isso é verdade – admitiu Mary-Love. – Sempre

serei grata a Elinor por ter me dado sua filhinha. A primogênita dela. Não precisava ter feito isso. Mas então Elinor não falou nada sobre o Sr. Haskew? Você contou que oferecemos seu antigo quarto a ele? E que ele está dormindo na cama em que ela deu à luz?

Oscar manteve um silêncio estupefato por alguns instantes. Ele ficou chocado que a mãe tivesse se entregado com tanta facilidade. Agora, Oscar conseguia enxergar claramente através da água do rio, e percebeu o que Elinor havia entendido desde o início. O convite de Mary-Love a Early Haskew *tinha* sido feito para irritar Elinor, embora Oscar não estivesse convencido de que a intenção de Mary-Love fosse causar um aborto.

Ao reconhecer a crueldade da mãe – pois não havia outra palavra para tal comportamento –, Oscar se voltou de forma decidida para o lado da esposa. Ele preferiria ter a língua arrancada a dizer que Elinor estava incomodada com a proximidade do engenheiro. Na verdade, chegou ao ponto de iludir a mãe, comentando:

– Elinor está feliz que a senhora tenha alguém para lhe fazer companhia. Ela imagina que esteja se sentindo sozinha desde que nos mudamos. Aquela casa é tão grande, mamãe, e custa tanto tempo e esforço só para mantê-la que Elinor não consegue vir aqui tanto quanto gostaria.

Mary-Love olhou desconfiada para o filho, cujo rosto exibia uma expressão neutra e agradável. Ela tentava determinar se ele estava fingindo ou se agia como os homens de Perdido (e provavelmente de qualquer lugar): sem considerar o efeito de suas palavras.

Durante o jantar naquela noite, Oscar contou à esposa exatamente o que tinha dito à mãe. Enquanto ouvia aquele relato, Elinor não teve dúvidas de que o marido entendia a importância do seu discurso. Ela lhe dava muito mais crédito do que a mãe dele.

Elinor sorriu e disse:

— Está vendo, Oscar? Eu avisei.

— Você tinha razão quanto à mamãe, embora eu jamais fosse pensar isso dela. Mas, Elinor, tenho que ser sincero sobre uma coisa...

— O quê?

— Eu vou apoiar o trabalho do Sr. Haskew. Acredito que vá haver outra enchente mais cedo ou mais tarde, e acredito que as barragens terão que ser construídas. Sei que não gosta da ideia, mas preciso fazer tudo ao meu alcance para proteger esta cidade e as fábricas.

– Está bem, Oscar – falou Elinor, com uma calma surpreendente. – Você já começou a enxergar algumas coisas, mas ainda não consegue ver tudo. Alguma hora você vai perceber o quanto está enganado.

~

A princípio, Mary-Love havia pensado em Early Haskew apenas como uma forma de espezinhar sua nora, mas ele logo se tornou mais do que isso. Early era um homem agradável, bondoso e gentil, e Mary-Love não tardou a se acostumar com a voz alta dele e seu hábito de comer ervilhas direto da faca.

Seu jeito rústico não era antipático em um homem tão jovem e bonito, embora Mary-Love estivesse certa de que Early se tornaria ainda mais rude com o passar dos anos. Sister, em especial, gostava dele, pois nunca tinha convivido tanto com um homem que não fosse da própria família.

Early passava o dia na sala de estar, trabalhando em sua mesa de desenho. Sister lhe trazia xícaras de café e biscoitos caseiros. Quando estava calor, trazia chá gelado e, quando não havia mais nada para oferecer, discretamente ia até lá com um livro e se sentava em uma cadeira, virada para o perfil dele.

– Você o está importunando! – exclamava Mary-Love.

– Não estou nada! – protestava Sister.

Se ela o estava importunando, Early não demonstrava. Ele devia falar "obrigado" a Sister oitenta vezes por dia, em um tom que sempre soava cordial e sincero. Quando Mary-Love insistia que a filha deixasse o engenheiro em paz e se sentasse com ela na varanda com outra colcha que as duas estavam fazendo, Sister ficava irrequieta até a mãe permitir, com relutância, que ela voltasse ao seu posto ao lado da mesa de desenho de Early.

Vez por outra, ele dizia que estava com os olhos cansados e vinha se sentar na varanda com Sister e Mary-Love, balançando-se no banco suspenso com os olhos fechados e falando com uma voz suave. Fazia longas caminhadas pela cidade, em especial ao longo das margens dos rios, observando o solo e formações de argila. Em outras ocasiões, Bray o levava de carro até os confins dos condados de Baldwin e Escambia, para que analisasse jazidas de vários tipos.

Early voltava coberto de barro. Mesmo depois de ter tomado banho e trocado de roupa, pedaços da argila vermelha do Alabama continuavam presos aos vincos de seu rosto e debaixo de suas unhas. Miriam o adorava, e à noite ele a cavalgava em seu joelho para a alegria da bebê, por quanto tempo ela quisesse.

Por causa dele, o contato entre as casas de Mary-Love e Oscar praticamente cessou. Zaddie já não trazia pequenos presentes na forma de frutas ou conservas; Oscar não vinha com tanta frequência quanto antes. Até as irmãs Zaddie e Ivey pareciam ter se afastado uma da outra. Mary-Love se consolava com a ideia de que tinha colocado uma grande pedra no sapato da nora. Um dia, tentando sondar o quanto ela estava incomodada, Mary-Love comentou com o filho:

– Oscar, não temos mais visto a Elinor. Ela está bem? Estamos preocupadas.

– Bem, mamãe, já está chegando a hora, e não seria bom para Elinor se cansar com visitas constantes. Na verdade – acrescentou ele, em tom de brincadeira –, eu a mantenho trancada no quarto o tempo todo agora. Zaddie fica do lado de fora, lendo para ela pelo buraco da fechadura.

Oscar disse isso para não dar à mãe a satisfação de ter qualquer informação sobre o quanto Elinor continuava irritada. Mas o que disse sobre a gravidez da mulher era a mais pura verdade; já *estava* chegando a hora. Pelos cálculos de Oscar, o bebê

(Elinor ainda não lhe dissera se seria menino ou menina) já deveria ter nascido.

Quer estivesse atrasado ou não, o parto ainda tardou mais quatro semanas. Oscar ficou preocupado. Um dia, Elinor não se sentiu bem e foi para a cama. O Dr. Benquith veio examiná-la e, em seguida, disse a Oscar:

— Ela está com dores.

— Sim, mas o bebê está bem?

— Está chutando. Consegui sentir.

— Bem, então diga, vai ser menino ou menina?

Leo Benquith fitou Oscar com uma expressão estranha e não respondeu de imediato.

— Aposto que este vai ser um menino – falou Oscar. – Estou certo?

— Oscar – falou o Dr. Benquith devagar –, você sabe que não há maneira alguma de saber se vai ser menino ou menina, não sabe?

Oscar ficou perplexo por alguns instantes, então respondeu:

— Bem, era o que eu pensava antes. Quer dizer, sempre ouvi falar isso. Mas a Elinor sabe, eu *sei* que sabe, só não me conta.

— Sua mulher está passando a perna em você, Oscar.

Ele não tardou a satisfazer sua curiosidade. No

dia 19 de maio de 1922, Elinor deu à luz uma menina de 2,26 quilos.

⁓

Assim que o médico foi embora e enquanto Roxie lavava as roupas de cama sujas de sangue no andar de baixo, Oscar perguntou a Elinor:

– Você sabia que era uma menina?

– Claro que sim.

– E por que não me disse?

– Eu não queria que você se decepcionasse. – Ela estendeu a bebê para que Oscar a visse. – Imaginei que quisesse um menino, Oscar, mas sabia que morreria de amores por ela assim que a visse! É por isso que não contei.

– Sim, estou morrendo de amores por ela! E a teria amado de qualquer maneira!

– Bem – falou Elinor com brandura, levando a bebê ao peito –, então eu estava enganada. Da próxima vez, eu *vou* contar.

Naquela tarde, Mary-Love e Sister fizeram uma espécie de visita de Estado. Sister trazia Miriam nos braços, e Oscar percebeu, com algum desconforto, que aquela era a primeira vez que a primogênita deles tinha entrado na casa dos pais.

Depois de espreitar, curiosas, todos os quartos

pelos quais passavam ao subir, com interjeições contidas de desdém pelo que viam, Sister e Mary--Love entraram no quarto de Elinor e pararam uma de cada lado da cama. Como se tivessem concordado previamente, elas se inclinaram juntas e beijaram Elinor na bochecha. Elinor afastou a borda da manta que envolvia a recém-nascida e disse:

– Estão vendo? Agora tenho uma para mim. – Ela olhou para a primogênita, ainda nos braços de Sister, e acrescentou: – Miriam, esta é a sua irmã Frances.

– Esse vai ser o nome dela? – falou Oscar.

– Sim – respondeu Elinor, acrescentando logo em seguida: – Era o nome da minha mãe.

– É um nome muito bonito – falou Mary-Love. – Elinor, Sister e eu não queremos que se canse. Então, caso precise de qualquer coisa, mande Zaddie lá em casa e na mesma hora providenciaremos para você.

– Obrigada, Sra. Mary-Love. Obrigada, Sister.

– Mamãe, precisamos ir. Early vai querer saber onde fomos parar.

Ao ouvir o nome do engenheiro, o sorriso educado de Elinor congelou. Ela não falou mais nada para Sister ou Mary-Love.

Naquela noite, incrivelmente recuperada, Elinor zanzava pelo quarto de Frances com a bebê no colo, cantando para a filha, estendendo-a diante de si para vê-la e fazer caretas e sorrir, então a puxava de volta e a cobria de beijos e carinhos. Enquanto isso, Oscar fazia cálculos sobre o nascimento que não eram tão descontraídos.

Ele contou nove meses desde a data de nascimento de Frances, sendo que Leo Benquith lhe dissera que o parto e a gravidez tinham sido normais em todos os aspectos, e chegou ao dia 1º de agosto de 1921.

Essa era a data em que haviam se mudado para a casa nova. Oscar certamente se lembrava de que Elinor e ele tinham feito amor naquela noite, pois fora a primeira vez na casa, mas também se lembrava, com considerável inquietação, que essa também tinha sido a data em que Elinor havia *anunciado* sua gravidez.

∿

Na noite em que Frances Caskey nasceu, Elinor declarou sua intenção de ficar no quarto da filha. Feliz ao ver a esposa demonstrar tanto interesse e encanto pela bebê, o que tanto contrastava com o tratamento dispensado a Miriam, Oscar concordou com entusiasmo. Ele ficou um bom tempo deitado na cama, sem conseguir dormir, pensando em Elinor, na gravidez e naquela peculiar coincidência de datas.

Na casa de Mary-Love, Early Haskew roncava mais alto do que falava. Ela virava de um lado para outro na cama, refletindo sobre que efeitos o nascimento de Frances poderia ter, temendo que a criança pudesse ser o meio pelo qual Elinor ganharia prestígio em Perdido.

Já Sister, em seu quarto, pensava em Miriam, que ela amava de paixão, e no homem que roncava no quarto ao final do corredor, ao qual não era indiferente. Deitada na cama ao lado de Sister, Miriam sonhava seus sonhos disformes, repletos de coisas sem nome para comer, coisas sem nome para apanhar e coisas sem nome para esconder na caixinha que Mary-Love havia lhe dado.

Na casa ao lado, Grace Caskey se virava de um lado para outro na cama, sem conseguir dormir, de tão agitada que estava com o nascimento de Frances. Grace visualizava um trio de primas – Miriam, Frances e ela –, leais e amorosas entre si.

James pensava (ou sonhava?) sobre a terra que cobria o túmulo da esposa, perguntando-se se o melhor a plantar ali seriam verbenas ou flox. Em um dado momento, todos os Caskeys adormece-ram, sonhando cada um deles com aquilo que mais os preocupava.

Naquela noite, enquanto os Caskeys dormiam e sonhavam, uma neblina veio do rio Perdido e se espalhou por toda a propriedade seca da família.

Neblinas não eram incomuns naquela parte do Alabama, mas vinham somente à noite e eram vistas por poucos. Essa neblina, mais espessa e escura do que o normal, se ergueu do rio como uma fera predadora se ergueria à noite após um longo sono diurno, disposta a saciar sua fome. Ela se enroscou em volta das casas dos Caskeys, envolvendo-as em uma névoa muda, cerrada e imóvel. O que antes era penumbra, agora era escuridão.

Era tão silenciosa, tão sutil, que ninguém foi despertado por sua chegada. A umidade do rio penetrou as residências e cercou todos que dormiam de um orvalho sufocante. Até mesmo o ronco de Early Haskew foi abafado. Ainda assim, nenhum dos Caskeys acordou. Se tentaram lutar, foi apenas em seus sonhos, nos quais a neblina opressiva tinha braços e pernas escorregadios e molhados, e uma boca que exalava névoa e noite.

Zaddie Sapp foi a única a se dar conta. Ela sonhou com a neblina, com seus dedos úmidos puxando o lençol de sua cama para ela ficar com frio; sonhou que a neblina a acordava, chamando-a para sair da proteção de seu quarto minúsculo atrás da cozinha. O sonho foi tão convincente que Zaddie abriu os olhos para provar a si mesma que a neblina não estava ali.

No entanto, assim que o fez, ao olhar para o teto, viu os filetes da névoa pairando em sua janela. Ao mesmo tempo, ouviu o ranger muito baixo e abafado das dobradiças da porta de tela nos fundos da casa. Primeiro, Zaddie duvidou dos próprios ouvidos, pois o barulho soava muito distante. Mas, em seguida, ouviu passos nas escadas que desciam até o quintal dos fundos.

Ela se sentou na cama de repente, filetes de névoa serpeando na turbulência repentina diante de seus olhos. Zaddie não tinha medo de ladrões, pois nada era roubado em Perdido desde que Bill "Caminho de Ferro" assaltou a madeireira dos Turks em 1883, mas foi com receio que espreitou pela janela. Mal dava para enxergar através da neblina, mas, ao estreitar os olhos, conseguiu distinguir um vulto que descia com cuidado os degraus.

Zaddie soube no mesmo instante que era Elinor. Um degrau rangeu. O vulto parou. Zaddie notou que Elinor carregava algo aninhado nos braços, e o que mais poderia ser senão um bebê?

O ar noturno e a neblina não poderiam fazer bem a um bebê que não tinha nem um dia de vida! Vestida apenas com sua camisola, sem ao menos pensar em calçar os sapatos, Zaddie saltou da cama sem fazer barulho, abriu a porta do seu quarto pequeno e saiu em direção à varanda dos fundos. Abriu a porta de tela com cuidado, mas sem tentar disfarçar o fato de que estava ali. Parou nos degraus e fechou a porta.

Elinor já estava mais adiante no quintal, quase invisível em meio à neblina.

– Sra. Elinor – falou Zaddie, baixinho.

– Zaddie, volte para dentro de casa. – A voz de Elinor soava onírica e úmida. Parecia vir de muito longe.

Zaddie hesitou.

– Sra. Elinor, o que está fazendo aqui com essa linda bebê?

Elinor mudou a criança de posição nos braços.

– Vou batizá-la nas águas do Perdido, e não preciso de sua ajuda. Então volte para casa, entendido? Uma menina da sua idade pode se perder nesta neblina e morrer!

A voz de Elinor sumiu, assim como seu vulto.

Ela desapareceu na neblina. Zaddie correu, temendo pela segurança da bebê.

– Sra. Elinor! – sussurrou Zaddie na escuridão profunda.

Nenhuma resposta.

Zaddie saiu correndo em direção ao rio. No caminho, tropeçou na raiz exposta de um dos aglomerados de carvalhos-aquáticos e se estatelou na areia. Pôs-se de pé aos trambolhões e, quando a neblina rareou por alguns instantes, conseguiu ver o vulto de Elinor à beira d'água.

Ela tornou a correr e agarrou a camisola da patroa.

– Zaddie – disse Elinor, a voz ainda distante e estranha. – Eu disse para ficar em casa.

– Sra. Elinor, não pode pôr a bebê na água!

Elinor riu.

– Você acha que este rio vai fazer mal à *minha* bebezinha?

Então, com essas palavras, Elinor jogou sua filha recém-nascida na correnteza negra e agitada do rio Perdido. Era como se fosse um pescador atirando um peixe pequeno demais de volta ao rio.

Há tempos que Zaddie tinha medo do Perdido, por saber quantas pessoas já haviam se afogado em suas águas implacáveis. Já ouvira as histórias de

Ivey sobre o que morava no leito do rio e sobre as criaturas que se escondiam na lama. Apesar desse medo, apesar de ser noite e da neblina cerrada, Zaddie correu para a água na esperança de salvar a bebê que, inacreditavelmente, tinha sido jogada ali pela própria mãe.

– Zaddie, volte! – gritou Elinor. – Você vai se afogar!

Zaddie pegou a criança, ou pelo menos achou ter feito isso. Enfiando as mãos na água, ela pescou *algo*. Não parecia nem um pouco um bebê! Era escorregadio e áspero, mas também borrachudo, tal qual um peixe, e ela quase o deixou escapar.

Zaddie estremeceu de repulsa diante do que segurava, mas trouxe aquela coisa à superfície. Quando o fez, viu que tinha apanhado algo escuro e repugnante, com uma cabeça sem pescoço presa diretamente a um corpo espesso. Um rabo curto quase tão grosso quanto o corpo se agitava convulsivamente, e a criatura estava coberta de gosma do rio.

Suspensa no ar, ela lutava para se libertar, para voltar ao seu ambiente. Mas Zaddie a segurou firme, enterrando os dedos naquela carne repulsiva. Água espumosa saía de sua boca de peixe, e o rabo agitado batia contra os antebraços de Zaddie; olhos protuberantes fitavam seu rosto.

A mão de Elinor se fechou sobre o ombro de Zaddie. A menina enrijeceu e olhou para trás.

– Está vendo? Minha bebê está bem.

Nos braços de Zaddie estava Frances Caskey, nua e relaxada, com água do rio Perdido pingando devagar de seus cotovelos e pés.

– Saia da água, Zaddie – falou Elinor, puxando a menina dali pela manga da camisola. – O fundo é lamacento. Você pode escorregar…

∽

Na manhã seguinte, Roxie sacudiu Zaddie para acordá-la de seu sono profundo, dizendo:

– Você nem começou a passar o ancinho esta manhã, menina! O que houve com você?

Zaddie se vestiu às pressas, abalada, mas aliviada que a aventura da noite anterior não tivesse passado de um sonho. Ela havia tido um pesadelo, do qual se salvara, caindo imediatamente em um sono profundo em seguida. À luz da manhã, era impensável que Elinor pudesse jogar sua bebê recém-nascida no rio Perdido. Zaddie nem se permitiu *pensar* no que tinha pegado nos braços durante o sonho.

Ela foi à cozinha e devorou um biscoito. Após pegar o ancinho do canto de sempre, escancarou a porta dos fundos. Por um instante, o som das dobradiças lhe trouxe a lembrança do sonho, mas Zaddie apenas sorriu do próprio medo. Ela desceu correndo os degraus, mas então estacou de repente.

Quatro pegadas estavam ali, na areia. Dois pares iam em direção ao rio, e dois pares voltavam. Ao redor do par que voltava, viam-se pequenas depressões circulares – pingos d'água que caíram na areia e secaram.

Com o coração apertado, Zaddie desceu até o quintal cinzento e frio. Ela apagou com cuidado as pegadas que iam e voltavam do rio, como se dessa maneira pudesse apagar o que, afinal, não tinha sido um sonho. Enquanto trabalhava, ouvia Elinor no quarto-varanda do segundo andar. Ela ninava sua bebê recém-nascida, murmurando uma canção dissonante.

CAPÍTULO 4

Pai, Filho e Espírito Santo

Perto do nascimento de sua sobrinha Frances, Sister Caskey foi tomada por uma sensação de impotência e insignificância. Ela não entendia por que isso a afetava tanto agora, quando sempre tinha considerado sua condição um fato consumado.

Talvez tivesse algo a ver com o casamento de Oscar ou com sua fuga da casa enquanto ela continuava ali, servindo de esponja para absorver o rancor da mãe em relação ao abandono do filho. Talvez fosse algo relacionado à própria Elinor, que era mais jovem do que Sister, porém indiscutivelmente mais poderosa. Afinal, ela tinha lutado de igual para igual com Mary-Love.

Talvez Sister estivesse cansada das reclamações mesquinhas da mãe contra Elinor, contra a cidade, contra a própria Sister. Recentemente, Mary-Love havia feito suas primeiras tentativas de assumir uma parcela maior de controle sobre Miriam, que até então vinha dividindo igualmente com a filha. Sister achava que isso era o que mais a magoava. Sabia que em breve Mary-Love tomaria a criança dela por completo, e Sister ficaria sozinha de novo.

Embora os Caskeys fossem mais abastados do que quase todas as famílias de Perdido, Sister tinha poucos bens próprios. Não possuía mais do que algumas ações que ganhara de presente de aniversário e cujos dividendos eram inconstantes e irrisórios. Lembrava-se muito bem das joias dos Caskeys, enterradas com Genevieve, que haviam aparecido tão misteriosamente no teto do quarto da frente da casa de Elinor. De todo aquele tesouro, Sister não ficara com nada. Com exceção das pérolas negras que Elinor tinha pegado para si, Mary-Love ficara com tudo para Miriam e ela.

Sister começava a acreditar que a opinião dela não era solicitada para nenhum assunto relevante. Certa manhã de junho, ela apareceu no escritório de James na fábrica e comentou estar disposta a assumir qualquer tarefa. Perplexo e receoso, James olhou para a sobrinha e disse:

– Por Deus, Sister, nem eu mesmo consigo entender isto aqui direito. Não sei o que espera perguntando a *mim* o que pode fazer!

Quando ela foi até o irmão para pedir a mesma coisa, Oscar respondeu:

– Sister, não há nada para você aqui, a não ser que saiba datilografar ou consertar um triturador de madeira, e eu sei que não é o caso.

Sister sentia que a família conspirava para mantê-la à parte das responsabilidades que poderiam lhe dar dignidade e satisfação.

Ela sugeriu a Mary-Love abrir uma loja na Palafox Street para vender linhas e botões, mas Mary-Love retrucou:

– Não, Sister, eu não vou dar o dinheiro, pois a loja fecharia em seis meses. O que você sabe sobre administrar uma loja? Além disso, quero que esteja aqui em casa comigo.

Quando a mãe disse isso, Sister percebeu que "em casa" era onde ela não queria ficar pelo resto da vida.

Sister estava cansada daquilo tudo, e acreditava ter encontrado uma saída. A solução não era nada original – na verdade, era comum em todo o mundo. Arranjar um marido bastaria para remediar todo o problema. Para sua alegria, quando se lançou à tarefa de buscar possíveis pretendentes, descobriu que o homem mais adequado em Perdido, o que servia mais a seus propósitos, era também o que se encontrava mais à mão. Era o homem cujos roncos ouvia da outra ponta do corredor todas as noites. Early Haskew.

Early era bonito, de um jeito "estava trabalhando até agora debaixo do sol". Era engenheiro e parecia ter um bom futuro pela frente. Todos os Caskeys gostavam dele. Mas nada disso importava para Sister. O mais importante sobre Early Haskew era que, quando o dique estivesse terminado, ele iria embora de Perdido. Era de se supor que, se Early estivesse casado a essa altura, o homem levaria a esposa consigo.

Sister não tinha experiência nas formas mais simples de flerte e sedução, e nesse ponto dificilmente poderia pedir conselhos à mãe ou às amigas da mãe. Elinor também estava fora de questão. Então Sister recorreu a quem já havia recorrido no passado: Ivey Sapp, a cozinheira e empregada de Mary-Love. Ela sabia que o conselho de Ivey teria uma base (e uma execução) sobrenatural, mas não via alternativa. Assim, dizendo a si mesma *não tenho mais aonde ir*, certa tarde Sister desceu até a cozinha e disse para Ivey sem rodeios:

– Ivey, você me ajudaria a me casar?

– Com certeza – falou Ivey, sem hesitar. – Com alguém em especial?

Ivey Sapp tinha ido para a casa de Mary-Love aos 16 anos, cerca de três anos atrás. Era roliça, com uma pele negra luzidia. Suas pernas haviam ficado permanentemente arqueadas de tanto montar a mula dos Sapps enquanto o animal girava em volta do triturador de cana, às vezes doze horas por dia. Por fim, ela se cansou da monotonia opressiva de sua existência na casa dos pais e passou a ansiar pelo que a mãe, Creola, chamava com desdém de "uma vida na cidade". Um casamento foi arranjado com Bray Sugarwhite, um homem muito mais velho que Ivey, mas gentil e bem situado na família Caskey.

O principal defeito de Ivey, pelo menos aos olhos de Mary-Love, era uma supersticiosidade desenfreada que via demônios em qualquer árvore, maus augúrios em qualquer nuvem e significados sinistros em qualquer acidente casual.

Ivey Sapp dormia com amuletos e trazia *coisas* presas a uma corrente em volta do pescoço. Não fazia conservas às sextas-feiras e sairia correndo para só voltar no dia seguinte se visse alguém abrir um guarda-chuva dentro de casa. Não levava cinzas para fora depois das três da tarde, para não haver uma morte na família. Não varria depois do anoitecer, para não varrer a boa sorte pela porta. Não tomava banho no ano-novo para não ter que lavar um cadáver no ano que começava. Tinha muitas proibições e exceções, e uma pequena rima ou ditado para cada uma delas. Portanto, eram poucos os dias em que trabalhava sem levantar objeções a cada tarefa que lhe era atribuída.

Mary-Love às vezes achava que Ivey inventava metade dessas objeções para evitar trabalhar, mas a mulher tinha várias superstições que não estavam relacionadas ao trabalho. Assim, era um fato desconcertante da vida na casa dos Caskeys que o gesto mais inocente, se observado por Ivey ou relatado a ela, pudesse causar uma profecia agourenta:

– Se cantar antes de comer, vai chorar antes de dormir.

Antes de Miriam nascer, Mary-Love costumava dizer que ficava feliz por não haver crianças na casa, pois Ivey as tornaria criaturas choronas e assustadas, com suas histórias e alertas sobre coisas que estavam à espera na floresta, espreitavam pelas janelas e pegavam carona agarradas debaixo dos barcos.

– Então o que devo fazer? – perguntou Sister, depois de confessar a Ivey, um tanto constrangida, que pretendia se casar com ninguém menos que Early Haskew.

Ivey se sentou à mesa da cozinha e pareceu se perder em pensamentos e murmúrios incompreensíveis, enquanto começava a partir as pontas de um monte de favas em uma bacia. Sister ficou à espera, impaciente, mas sem ousar interromper o devaneio de Ivey. Ela dizia a si mesma não acreditar nas superstições ou nos feitiços e rituais da mulher, mas era difícil manter o ceticismo com ela imersa naquele monólogo encantatório.

Após alguns minutos, os olhos de Ivey se fecharam. Suas mãos se deixaram cair no colo. Ela ficou imóvel por tanto tempo que Sister começou a ficar preocupada. De repente, Ivey arregalou os olhos e perguntou:

– Que dia é hoje?

– Quarta-feira – respondeu Sister, tão alarmada quanto se Ivey tivesse dito "Eu vi o Senhor dos Anjos do Mal".

– Na sexta-feira – disse Ivey –, saia e vá me comprar uma galinha viva.

Sister se recostou, confusa.

– Ivey…

– Não compre de uma mulher, mas de um homem. Se comprar a galinha de uma mulher, não vai servir pra nada.

～

Na sexta-feira, Sister foi até a cidade, demorando-se na loja de Grady Henderson até Thelma Henderson se afastar do balcão e ir até os fundos para pegar algo. Então, Sister saltou de trás de um barril e exclamou:

– Grady, pode me arranjar uma galinha, por favor? Estou com muita pressa!

– A Thelma já vai voltar, Srta. Caskey. Ela vai atender a senhorita.

– Ai, meu Deus, Grady! Acabei de ver meu relógio. – Ela não usava relógio algum, e o balconista também percebeu isso. – Eu devia ter voltado para casa meia hora atrás. Sabe o que a mamãe vai me dizer?

Grady Henderson conhecia Mary-Love, portanto, conseguia imaginar.

– Qual a senhorita quer? – perguntou ele, indo até o mostruário de vidro em que as galinhas estavam dispostas em bandejas de porcelana.

– Preciso de uma viva, pode me trazer uma lá de trás? Tem que ser uma nova, que ainda não tenha botado ovos – acrescentou ela em um tom ansioso e um tanto constrangido. – Deve ter uma assim, não?

Grady Henderson fitou Sister com atenção, deu de ombros e saiu pela porta traseira. Sister o seguiu até o lado de fora, entrando em uma pequena cabana escura com gaiolas de aves para abater.

– Esta aqui – disse Grady, apontando para uma gaiola que continha meia dúzia de galinhas brancas e sujas, de vários tamanhos e idades.

Sister assentiu.

– Ela parece jovem.

O Sr. Henderson abriu a gaiola, pegou a galinha pelo pescoço e a jogou em uma balança pendurada no teto.

– Um quilo e 134 gramas. Isso dá 45 centavos. Tome, vou colocá-la em um saco e a senhorita pode entrar e pagar a Thelma.

– Não! – exclamou Sister, alarmada, sacando uma nota de um dólar do bolso. – Vou pagar agora mesmo, Grady. Fique com o troco! *Preciso* voltar para casa.

– Srta. Grady, tem algo estranho com a senhorita hoje. Me deu um dólar. Vou te dar outra galinha.

– Não, quero só esta! – gritou Sister. Ela emper-

tigou os ombros e, falando mais baixo, garantiu:
– Não preciso de mais nenhuma.

Então, segurando diante dela o saco de aniagem com a galinha dentro, Sister voltou às pressas para casa, entrando às escondidas pelos fundos para que a mãe não a visse.

– Sua mãe saiu – disse Ivey, espreitando dentro do saco. – Ela disse que vai voltar para o almoço, então temos que fazer isso agora mesmo.

– Não temos que esperar até escurecer?

– Pra quê? Com quem anda falando, Srta. Caskey? Eu sei o que estou fazendo.

Então, sem gestos místicos ou encantamentos murmurados, e com o saco ainda segurado por Sister, Ivey enfiou a mão ali e torceu o pescoço da jovem galinha. Ela juntou as mãos de Sister com força e o topo do saco em convulsão se fechou.

Sister esticou os braços para a frente, observando horrorizada manchas de sangue empaparem o tecido grosseiro. Quando já não havia movimento, Ivey retirou lá de dentro o corpo da galinha. As penas estavam salpicadas do sangue que jorrara do pescoço torcido. Segurando a ave desgraçada pelos pés, Ivey rasgou o peito dela com uma faca pequena. Em seguida, forçou os dedos gorduchos para dentro da carcaça, tateou por alguns instantes e, por fim, arrancou o coração sangrento da galinha. Sem cerimônia, largou o órgão extirpado em um pires sobre a mesa da cozinha.

Deixando Sister ali para limpar o sangue espalhado, Ivey enterrou a galinha e sua cabeça em um buraco que havia cavado na areia ao lado dos degraus que davam acesso à cozinha. Depois, dobrou o saco e o escondeu debaixo de uma pilha de jornais velhos na varanda dos fundos. Sister observou tudo isso sem ousar questionar qual parte daquele procedimento complexo era legítima e necessária e qual era apenas para ocultar aquilo de Mary-Love. Ivey gesticulou para que Sister a seguisse de volta até a cozinha.

Ivey pegou cinco espetos de uma gaveta de utensílios e os dispôs sobre a mesa da cozinha em uma fileira bem arrumada. Depois, sentou-se diante deles, pegando o pires que continha o coração da galinha, e o ofereceu a Sister. Com cautela, Sister fisgou o coração do pires.

Ivey quebrou o pires no chão da cozinha e gesticulou para que Sister desse voltas ao redor da mesa.

Meio constrangida, meio temerosa, Sister obedeceu.

– *Pai, Filho e Espírito Santo* – disse Ivey.

– *Pai, Filho e Espírito Santo* – repetiu Sister.

Seguindo as instruções silenciosas de Ivey, ela deu três voltas ao redor da mesa, entoando sempre as mesmas palavras, cuja familiaridade pareceu reconfortante a Sister.

Sister concluiu as voltas e parou ao lado da cadeira de Ivey. A mulher negra pegou um dos espetos, entregou-o a Sister e indicou um ponto no lado direito do coração de galinha sobre a mão estendida dela. Sister já havia entendido que as instruções de Ivey se dariam por meio de gestos, exceto pelas entoações, que Sister precisaria repetir tal como eram ditas.

Enquanto Sister trespassava o coração com o espeto, Ivey entoou:

— *Perfuro o coração desta galinha inocente, para que o coração de Early Haskew seja preenchido de amor por mim.*

Com os olhos arregalados, Sister segurou a ponta do espeto e repetiu as palavras. Com o segundo espeto, Ivey indicou um ponto na frente do coração da galinha e disse:

— *Este espeto vai penetrar o coração de Early até o dia em que me peça para ser sua esposa.*

Sister repetiu essas palavras enquanto enfiava o espeto. O terceiro espeto foi inserido de trás para frente, ao que Sister repetiu, depois de Ivey:

— *Na vida e na morte, Early Haskew, eu pertenço a você.*

O quarto espeto atravessou o coração na transversal, começando da esquerda.

— *O que é meu é seu. O que é seu é meu.*

Ivey pegou o último espeto e pressionou um ponto na parte de baixo do coração. Sister o enfiou ali, fazendo a ponta do espeto sair pelo topo com uma gota de sangue.

— *Cinco chagas teve Jesus, e elas serão a causa da sua morte, Early Haskew, se não formos marido e mulher até o final deste ano. Em nome do Pai, do Filho e do Espírito Santo. Amém.*

Sister estava prestes a falar, protestando que não queria que a alternativa ao casamento fosse a morte de Early, mas Ivey balançou a cabeça enfaticamente para impor silêncio. Ivey se levantou da mesa, foi até o forno e abriu a grelha. Foi só então que Sister notou que Ivey havia mantido o forno quente durante toda a tarde.

Sister jogou o coração espetado lá dentro, fazendo-o cair em uma cama de brasas incandescentes, onde começou a chamuscar. Sister e Ivey ficaram observando enquanto ele se avermelhava, para então se incendiar com uma chama rubra. Em instantes, não restava nada além dos cinco espetos ardentes, que por fim caíram sobre os carvões, ainda entrelaçados em um pentágono.

Ivey fechou a porta do forno com força. As duas mulheres se empertigaram e, em uníssono, entoaram mais uma vez as palavras que já não pareciam tão familiares e reconfortantes para Sister.

— *Em nome do Pai, do Filho e do Espírito Santo.*

CAPÍTULO 5

Dominós

A primeira madeireira de Perdido tinha sido construída por Roland Caskey em 1875. Já idoso, o homem obteve o direito de cortar 18 mil acres de área florestal nos condados de Baldwin e Escambia. Quando morreu, em 1895, a fábrica dos Caskeys já produzia cerca de 75 mil metros de tábuas por dia.

As árvores cortadas que a fábrica de Perdido não conseguia processar eram gravadas com um selo em forma de trevo e enviadas pelo rio Perdido até a sucursal em Seminole. Roland Caskey permaneceu analfabeto até a morte, mas era capaz de olhar para 2 acres de área florestal e calcular, com uma margem de erro de 20 pés quadrados de tábua, quanta madeira ela poderia produzir. Além disso, teve o bom senso de se casar com uma mulher inteligente. Elvennia Caskey lhe deu dois filhos e uma filha. A filha morreu, picada por uma mocassim-d'água que saiu do rio Perdido um dia e se arrastou pelo quintal acima, mas os dois filhos cresceram fortes e sadios. Graças aos esforços da mãe, eles se tornaram bem-educados, bem-comportados e sensíveis, a tal ponto que Roland reclamava da "marca da feminilidade" gravada em seu filho mais velho, James, que faria dele meigo e afeminado.

Quando Roland Caskey chegou à região, os condados de Baldwin e Escambia eram cobertos por uma vastidão de pinheiros, de modo que parecia inconcebível que as florestas pudessem ser exauridas. No entanto, bastaram três madeireiras trabalhando a todo vapor para começarem a ser dilapidadas. A expansão dos usos da resina e da terebintina só piorou as coisas, pois milhares de árvores eram "sangradas" por caçadores empobrecidos. Uma vez sangrada, não compensava cortar uma árvore.

A floresta recuou em volta do rio Perdido, deixando os areais mais afastados menos densos, à medida que árvores sangradas morriam e tombavam à primeira tempestade de primavera. Roland Caskey se opôs ferozmente quando o secretário do Interior propôs leis duras de preservação florestal, exigindo a aplicação rigorosa de legislação anterior.

O testamento de Roland Caskey dividiu seu patrimônio igualmente entre a mulher e Randolph, seu filho mais novo, deixando apenas uma pequena renda anual de subsistência para James. No preâmbulo do documento, ele decretou que não conseguira descansar em paz em seu túmulo sabendo que havia entregue a administração de seu império da madeira a um homem que trazia "gravada em si a marca da feminilidade".

No dia em que o testamento foi legitimado, no entanto, Elvennia Caskey atribuiu sua metade ao filho deserdado. Contudo, não foi só por essa generosidade que James continuou ao lado da mãe até a morte dela, cuidando da mulher com um amor filial inabalável durante anos de senilidade e incapacidade física. Para ele, a ideia de se casar era quase repugnante.

Quando James e Randolph, em um raro acordo entre irmãos, assumiram a administração da fábrica do Caskeys, eles começaram a comprar todas as terras que podiam ao redor do rio Perdido. O pai deles e outros donos de madeireiras pensavam que comprar terras nas áreas florestais era um desperdício. Afinal, era muito mais barato pagar proprietários pelo direito de cortar madeira. A política de James e Randolph foi alvo de surpresa e escárnio, mas eles persistiram. Após comprar as terras, os dois começaram a cortar sistematicamente o que havia nelas, reflorestando-as imediatamente. Em cinco anos, a sabedoria dessa estratégia foi reconhecida e imitada pelos Turks e pelos DeBordenaves. A velha fábrica dos Pucketts em Perdido acabou por ser forçada a encerrar as operações, pois já não havia madeira de pé para o Sr. Puckett comprar.

Durante vinte anos, as madeireiras dos DeBordenaves e dos Turks ficaram em segundo e terceiro lugares em relação à dos Caskeys. Vez por outra, os DeBordenaves tinham um ano mais favorável do que os Turks, e vice-versa, mas somente os proprietários das fábricas sabiam de fato qual empresa tinha mais valor. No entanto, os Caskeys detinham a maior quantidade de terras – e nunca pararam de comprar mais quando havia oportunidade.

Randolph Caskey morreu enquanto seu filho Oscar estava fora, estudando na Universidade do Alabama. James administrou a madeireira de forma ineficiente por dois anos antes de Oscar voltar a Perdido para assumir o posto do pai. Incentivados por Mary-Love, Oscar e James não hesitaram em comprar 2 acres de pinheiro-americano cercados por área florestal dos Turks. Enquanto as fábricas menores ainda trabalhavam na segunda e terceira expansões de terreno, os Caskeys garantiram um trecho de floresta virgem, algo raro na região.

Mary-Love e James Caskey eram donos da fábrica e das terras, mas Oscar administrava o negócio. James ia ao escritório todos os dias e se ocupava de uma forma ou de outra, tratando em especial da correspondência, mas muito desse trabalho era dispensável; poderia ser feito por um homem contratado por 2 mil dólares ao ano. Por outro lado, a empresa não funcionaria sem Oscar. Mesmo assim, apesar de todo seu esforço e horas extras, ele não tinha mais dinheiro do que a pobre Sister que, como era sabido, não tinha absolutamente nada.

Os habitantes da cidade, que não sabiam sobre a situação da família, olhavam para as três casas dos Caskeys e tiravam suas conclusões pelo fato de Elinor e Oscar morarem na casa maior e mais nova. Como a madeireira iria à falência em questão de semanas sem Oscar, todos imaginavam que ele possuía uma fatia considerável do patrimônio dos Caskeys. Mas não era o caso. Oscar e Elinor não eram donos sequer da casa em que viviam. Tinha sido presente de Mary-Love, mas ela não se dera ao trabalho de registrar de fato a doação. Quando

Elinor incitou Oscar a lembrar à mãe essa omissão, Mary-Love ficou ofendida e disse:

– Oscar, você e Elinor estão preocupados com a possibilidade de serem despejados? Quem mais eu colocaria naquela casa além de vocês? Se eu nem mesmo queria que vocês se mudassem quando estavam do outro lado do corredor na minha casa, como acham que eu permitiria que fossem para um lugar mais distante do que a casa ao lado?

Oscar relatou para Elinor o que a mãe tinha dito, mas ela não se deixaria convencer com tanta facilidade. Na segunda tentativa, ele recebeu uma resposta ainda mais irritada da mãe:

– Oscar, você e Elinor vão *ganhar* aquela casa quando eu morrer! Quer que eu mostre o *testamento*? Não pode sequer esperar que eu morra?

Oscar se recusou a tocar no assunto de novo, mas Elinor não ficou satisfeita.

Os moradores de Perdido ficariam surpresos com o salário modesto de Oscar. Certa vez, ele tentou reclamar com James, que levou o assunto à cunhada. Mary-Love disse:

– Do que eles precisam? É só me dizer, James, que vou comprar agora mesmo. Peço a Bray para deixar bem à porta da casa dos dois.

– Mary-Love, a questão não é essa – respondeu

James. – Eles não precisam de móveis novos, de um carro novo nem nada disso, mas Elinor precisa de dinheiro para comprar comida toda semana. Precisam de dinheiro para pagar ao homem do carvão no inverno. Oscar encomendou um novo jogo de dominós de marfim na semana anterior e, quando a encomenda chegou, ele teve que me pedir 10 dólares emprestados para pagar. Mary-Love, acho que devemos dar ao velho Oscar um pouco mais de dinheiro. Você sabe que ele merece.

– Diga a Oscar para vir falar comigo – respondeu Mary-Love. – Vou dar ao meu menino o que ele quiser. Diga a Elinor para bater à minha porta. Ela terá tudo o que desejar.

Mary-Love gostava de ver a si mesma como a cornucópia da família, que distribuía toda a sorte de coisas boas, de forma generosa e incessante. Considerava-se amplamente recompensada pela gratidão dos filhos e, se achasse que os filhos não eram gratos o suficiente, tratava de resolver isso.

Não era difícil manter Sister em uma posição de dependência servil, pois Mary-Love estava certa de que ela não tinha perspectivas de se casar, além de não ter dinheiro próprio. Sister jamais deixaria Perdido, a casa da mãe ou o abraço zeloso de Mary--Love. Oscar, por outro lado, se entregara aos laços do matrimônio com Elinor, enfraquecendo assim os cordões emocionais que o atavam a Mary-Love. Os vínculos financeiros entre mãe e filho, no entanto, continuavam fortes – ou pelo menos assim continuariam enquanto Mary-Love interferisse no assunto. A Senhora da Bonança não tinha a menor intenção de permitir que Oscar se libertasse de suas dádivas.

Elinor entendia esse plano, e o explicou para o marido.

– Acho que você tem razão, Elinor – respondeu Oscar. – Mamãe provavelmente age dessa forma. Também fico triste pela pobre da Sister. Mas o que posso fazer?

– Pode enfrentá-la. Pode dizer a ela que vai deixar aquela velha fábrica entregue à própria sorte se não ganhar um dinheiro justo com ela. Pode dizer que vai fazer nossas malas e que nos mudaremos para Bayou le Batre na quinta-feira que vem, aproveitando para falar que eu voltarei em um mês para buscar a Miriam. É isso que pode fazer.

– Não posso fazer nada disso. Mamãe não acreditaria em mim. Ela veria que estou blefando. O que faríamos em Bayou le Batre? Aquilo é um cafundó. Não sei nada sobre barcos de pesca!

– Se James e sua mãe fossem corretos com você

– prosseguiu Elinor –, eles lhe dariam um terço da participação naquela fábrica. Um terço de todas as terras dos Caskeys seriam sua propriedade.

Oscar deixou escapar um assobio só de pensar nisso.

– Mas eles não farão isso.

– Talvez não agora – falou Elinor, pensativa. – Oscar, se você não fizer nada, parece que vou ter que me encarregar do assunto…

– O que pensa em fazer? – perguntou Oscar, aflito.

– Ainda não sei, mas estou disposta a fazer qualquer sacrifício para que você possa assumir o lugar que é seu por direito.

– Elinor, você não deveria se irritar tanto por minha causa. Estamos indo muito bem, pelo que me parece.

– Não tão bem quanto poderíamos, Oscar. Ora, eu não me casei com um homem qualquer. Meu pai costumava dizer que gostaria de ver o homem com quem *eu* decidiria me casar. E minha mãe falava que ele teria que ser muito poderoso ou muito rico.

Oscar riu.

– Parece que você provou que seus pais estavam enganados. Não sou poderoso, e muito menos rico.

– Mamãe e papai não se enganaram – disse Elinor.

Essas palavras não soaram naturais saindo da boca de Elinor; ela certamente não estava habituada a falar dos pais.

– Na verdade, estou decidida a provar que eles tinham razão. Oscar, por que motivo eu teria vindo parar em Perdido se não fosse para me casar com o melhor homem da cidade?

– Você quer dizer que se casou comigo porque achou que eu era rico e poderoso?

Ele não pareceu nada abalado pela ideia.

– Claro que não. Você sabe por que eu me casei com você. Mas não tenho intenção de permitir que continue a se esfalfar naquela fábrica só para James comprar copos de cristal e talheres de prata, e a Sra. Mary-Love possa encher seu cofre de diamantes enquanto ficamos na penúria.

– Bem, Elinor, então me diga o que fazer, e eu farei. Não me importaria nada em ter muito dinheiro.

– Ótimo – respondeu a esposa. – Se eu disser para pular, você pula?

– Até de cima do telhado!

～

Nos últimos tempos, uma febre de jogos de dominó acometera a população masculina da Geórgia, do Alabama e da Flórida. Perdido não ficou imune. A mazela se instalou com virulência e, durante o primeiro surto convulsivo, havia festas de jogos de dominó todas as noites pela cidade. Agora, os primeiros espasmos tinham se apaziguado, mas muitos homens continuavam a jogar com regularidade. Entre eles, estavam os homens das três famílias madeireiras: James Caskey, Oscar Caskey, Tom DeBordenave e Henry Turk.

Todas as segundas e quartas-feiras, às seis e meia da tarde, eles se reuniam à mesa quadrada vermelha na sala do café da manhã de Elinor, acompanhados de três outros convidados: Leo Benquith, Warren Moye e Vernell Smith.

Leo Benquith era o médico mais respeitado da cidade. Warren Moye era um homem pequeno e animado, que ficava atrás do balcão do Hotel Osceola todos os dias. Ele sempre trazia uma almofada, que transferia de cadeira em cadeira para aliviar as dores de suas hemorroidas. Vernell Smith se assemelhava a um bobo da corte da realeza espanhola; era jovem e feio de doer, com um rosto longo que faria um fazendeiro pensar na cabeça de um bezerro natimorto, com a diferença de que a de Vernell tinha várias verrugas grandes cobertas de pelos longos.

Nas segundas e quartas-feiras, Elinor tomava o máximo de cuidado para manter as portas do salão do café da manhã fechadas durante toda a noite, pois aqueles homens fumavam charutos ou cigarros, de modo que a fumaça poderia tomar conta da casa.

Na parte da tarde desses mesmos dias, Zaddie tirava as cortinas do recinto para que não ficassem impregnadas do cheiro de tabaco. Durante o jogo, as incontáveis guimbas de charuto e cigarro eram jogadas em um vaso d'água de vidro do tamanho de um aquário. Passadas algumas horas, o salão estava sempre tão cheio de fumaça que Zaddie não conseguia entrar para esvaziar o vaso sem ficar com os olhos lacrimejantes.

E o barulho ali dentro era enorme. Os homens rosnavam e batiam seus dominós de marfim na mesa quadrada. Embaralhavam as peças com tanto clamor que era possível ouvir pela casa inteira. Ninguém praguejava, com exceção de um ocasional "maldição". Tirando Vernell Smith, todos aqueles homens frequentaram a escola dominical. As histórias contadas àquela mesa vermelha ao longo da noite não eram tão diferentes daquelas contadas pelas mulheres de Perdido em suas partidas de bridge vespertinas.

Naquelas noites, Elinor e Zaddie ficavam sentadas em uma das varandas. Elinor costurava, enquanto Zaddie lia. Logo tornou-se costume que uma ou outra das esposas dos jogadores de dominó viesse com o marido e passasse a noite com Elinor ou ligasse para conversar com ela ao telefone.

Sempre que as visitantes eram Manda Turk ou Caroline DeBordenave, Elinor demonstrava um interesse incomum e insaciável sobre a fábrica de seus respectivos maridos, devorando cada detalhe do negócio que aquelas duas mulheres pudessem extrair de suas mentes desabituadas com questões daquele tipo. Manda e Caroline concordavam que a moça deveria ter algum motivo para querer essas informações, embora Elinor jurasse que não passava de curiosidade.

Quando o jogo finalmente terminava, a esposa do jogador já tinha ido para casa sozinha, enquanto Elinor e Zaddie já estavam na cama. Oscar, por sua vez, acompanhava os amigos até a porta. Cada um deles, exceto o reservado James Caskey, se aliviava sobre as camélias recém-plantadas por Elinor.

Depois, Oscar voltava para casa e chamava em voz alta:

– Zaddie, levante e venha trancar as portas!

Oscar era um homem bom e gentil, mas havia sido treinado pela mãe para ser preguiçoso. Portanto, se pudesse pedir algo para uma mulher fazer em seu lugar, ele não hesitaria em pedir. Enquanto Oscar arrastava os pés escadas acima, Zaddie abria as janelas do salão do café da manhã, despejava o vaso com guimbas no quintal arenoso, trancava a porta de entrada, apagava todas as luzes, voltava ao próprio quartinho e, com os olhos ainda ardendo por conta da fumaça, se deitava na cama e adormecia.

❧

Em uma noite de segunda-feira, enquanto os homens jogavam no andar de baixo, Elinor Caskey e Caroline DeBordenave estavam na varanda do segundo andar. O berço de Frances tinha sido trazido para fora e estava posicionado de tal forma que as duas mulheres pudessem balançá-lo e espreitar a criança.

Como de costume, Elinor havia trazido à tona o assunto dos negócios da madeireira. Caroline, a essa altura já sabendo do interesse da anfitriã no tema, viera preparada com as informações, pois questionara o marido na hora do almoço. Embora tivesse ficado surpreso com o interesse repentino da mulher, ele respondeu todas as perguntas detalhadamente.

– Não, Elinor – falou Caroline, balançando a cabeça –, as coisas não estão boas para o Tom. Bem, não acho que eu esteja contando nada de novo, pois o Tom disse que tanto Henry Turk quanto Oscar sabiam das dificuldades dele. O estranho é que Tom nunca *me* contou. Fiquei tão surpresa! Foi a enchente. Se bem me lembro, ele disse que tinha quase 100 mil dólares...

Caroline fez uma pausa, sem conseguir recordar o termo exato que o marido tinha usado.

– Em contas a receber? – sugeriu Elinor.

– Isso mesmo – respondeu Caroline com tranquilidade.

Ela falava como se estivesse jogando conversa fora sobre alguma questão desimportante que não pudesse ter consequências para ela e, de fato, Caroline parecia pensar dessa forma. As fábricas eram assunto dos homens. Ela supunha que nada jamais poderia interferir no dinheiro que Tom lhe dava todos os meses para administrar a casa e comprar roupas. Se as necessidades dela estavam satisfeitas, Tom podia fazer o que bem entendesse quanto a todo o resto.

– Elinor, o problema é o seguinte: ele não só perdeu todo aquele dinheiro, mas também toda a madeira armazenada na fábrica e toda a madeira que levou para a propriedade do Sr. Madsen, pois o celeiro também foi levado pelas águas. Para completar, a maioria das máquinas ficou entupida de lama e teve que ser substituída, e agora já não há mais dinheiro. Tom não sabe como vai conseguir manter o negócio daqui para a frente.

– Ele não pode pegar emprestado? – perguntou Elinor.

– Bem, não muito – disse Caroline, um pouco orgulhosa por ter tido o cuidado de fazer essa pergunta ao marido. – Ele foi ao banco em Mobile e implorou de joelhos ao dono por dinheiro para reconstruir a fábrica, mas o homem disse: "Ora, Sr. DeBordenave, como podemos ter certeza de que não vai haver outra enchente?"

– Porque não vai! – falou Elinor, taxativa.

– Espero mesmo que não – retrucou Caroline. – Até meus melhores tapetes tiveram que ser jogados fora. Nunca fiquei tão triste em toda a minha vida. Enfim, Tom explicou que o banco não vai emprestar dinheiro porque acham que vai vir outra enchente e levar tudo embora outra vez.

– Então ele não tem como arranjar o dinheiro?

– Talvez sim, talvez não. Os bancos dizem que *emprestarão* o dinheiro depois que o dique for construído, mas não antes. Então Tom está muito ansioso para que a barragem seja levantada. Só espera que consiga aguentar as pontas por tempo suficiente. Também espero – concluiu Caroline, pensativa. – Quando o Tom está preocupado com aquela velha fábrica, ele não dá o mínimo de atenção a mais nada na vida.

Depois que Caroline foi para casa, Elinor continuou na varanda com Frances e, ao contrário do que costumava fazer, esperou por Oscar. Quando ele subiu, ela o chamou à varanda e disse:

– Oscar, a Caroline me disse que o Tom está com dificuldades em conseguir dinheiro emprestado nos bancos.

– Bom, sim – respondeu Oscar, hesitante. – A verdade é que todos estamos na mesma. Ninguém vai nos emprestar dinheiro enquanto o dique não for erguido.

– E o que aconteceria se o dique nunca fosse construído?

Oscar se sentou ao lado da esposa.

– Quer mesmo saber?

– Claro que sim!

– Bem – disse Oscar, sentando-se e cruzando

as mãos atrás da cabeça enquanto se balançava de leve –, imagino que o velho Tom teria que pendurar as botas.

– E quanto a nós?

– Não teríamos grandes problemas no futuro próximo. Conseguiríamos nos manter, suponho.

– Só nos manter?

– Elinor, o que estamos tentando fazer agora é reconstruir o que perdemos na enchente. Mas, se quisermos avançar em algum sentido, precisamos nos expandir. Não conseguimos fazer isso sem empréstimos. Não há um só banco neste estado, ou fora dele, que vá nos emprestar dinheiro enquanto o dique não for erguido. É por isso que estamos tão empenhados, entende?

Elinor assentiu devagar.

– Estou que não me aguento em pé – falou Oscar. – Não quer vir para a cama?

– Não – respondeu Elinor –, ainda não estou cansada. Pode ir.

Oscar se levantou, debruçou-se sobre o berço para beijar Frances, que dormia, e entrou na casa.

Muito depois de Oscar ter se despido, ajoelhado ao lado da cama para rezar, deitado na cama e adormecido tão profundamente quanto a filha, Elinor continuava acordada.

Ela permanecia no banco suspenso, balançando-se devagar enquanto fitava a escuridão. Na noite escura, os carvalhos-aquáticos oscilavam ao vento mais suave. Alguns galhos apodrecidos, cobertos com um fungo verde e seco, deixavam cair gravetos e folhas, às vezes caindo eles mesmos, com um estalo e um baque, no chão arenoso. Mais adiante, o rio Perdido corria, lamacento, negro e gorgolejante, carregando de forma inexorável coisas mortas e criaturas vivas que tentavam resistir em direção ao vórtice no centro da confluência.

CAPÍTULO 6
Verão

O verão chegou a Perdido. Elinor continuava a pensar sobre o salário irrisório do marido e a fortuna considerável dos Caskeys. Sister abria a porta dos fundos todas as manhãs para conferir o monte quase imperceptível sob o qual a galinha eviscerada estava enterrada, perguntando-se quando Early Haskew a pediria em casamento ou, caso contrário, quando morreria.

James Caskey suspirava e olhava à sua volta, sentindo-se muito solitário. Mary-Love assistia com cobiça ao progresso do engenheiro em seus planos para o dique, antecipando com grande satisfação o efeito que a construção teria em sua nora. E todas as manhãs Zaddie continuava a desenhar pacientemente com o ancinho padrões nos quintais de areia que cercavam as três casas dos Caskeys.

Apenas as crianças gostavam de verdade do verão, já que não havia escola. Os dias eram longos, sem horários, tarefas e sinetas para interrompê-las. Grace Caskey achava curioso como cada verão era diferente, com características próprias. No verão anterior, ela havia brincado o tempo todo com os filhos dos Moyes; neste ela só os via uma vez por semana na escola dominical.

Todos os dias no verão anterior, Bray a levara de carro ao lago Pinchona, onde uma piscina com muros de concreto era alimentada pelo maior poço artesanal de todo o estado. Ali, certa vez, um macaco preso em uma gaiola de arame mordera seus dedos quando ela os enfiou pela grade. Neste verão, ela não havia ido até lá nem uma vez, embora tivessem começado a construir um salão de dança sustentado por palafitas sobre o lago lamacento e raso. Os proprietários tinham importado jacarés dos Everglades para pô-los no lago Pinchona, tanto pelo efeito pitoresco, quanto para desencorajar os banhistas a nadarem fora da piscina de concreto fácil de monitorar.

O verão de 1922 foi dedicado a Zaddie Sapp. Grace estava fascinada por Zaddie. Idolatrava a menina negra de 13 anos e tudo que estivesse relacionado a ela. Grace seguia Zaddie o dia inteiro, raras vezes perdendo a menina de vista. Pela manhã, ajudava-a a passar o ancinho nas partes do quintal que não podiam ser vistas das janelas de Mary-Love. A tia desaprovava que Grace ajudasse as criadas. Quando Zaddie terminava o trabalho, Grace ia até a casa de Elinor para que Roxie, temporariamente emprestada por James, preparasse o almoço para ela.

Grace considerava um privilégio poder comer na cozinha com Roxie e Zaddie, rejeitando seu lugar à mesa da sala de jantar com Elinor e Oscar. Após o almoço, Oscar dava 25 centavos a cada menina e lhes dizia para irem à lojinha comprar o que quisessem. As meninas andavam até a cidade de mãos dadas e passeavam pelos corredores da loja de artigos baratos. Apontavam para tudo o que viam e olhavam para cada item com tanto interesse que passaram a conhecer melhor o estoque do que o próprio dono da loja. Cada qual comprava três miudezas com os 25 centavos recebidos e guardavam tudo em um só saco.

Em casa, retiravam as compras e as examinavam nos mínimos detalhes. Trocando os itens entre si, embrulhavam os melhores em papel colorido e se presenteavam, para enfim guardá-los com outra centena de frágeis símbolos de alegria semelhantes em uma caixa de madeira com trinco na varanda dos fundos da casa de Elinor.

Essa varanda sem tela, longa e com o pé-direito alto, sempre na sombra e fresca até mesmo nos dias mais quentes, era chamada de treliça, por conta da marcenaria em ripas de madeira cruzadas. Como o restante da casa, erguia-se bem acima do nível do quintal, de modo que as brisas infrequentes pudessem soprar por debaixo e através dela. Uma das janelas do quarto minúsculo de Zaddie se abria para essa treliça. As crianças podiam entrar e sair por ela, com a ajuda da cama de Zaddie de um lado e de uma velha cadeira do outro.

No frescor daquela treliça, Zaddie e Grace inventavam, aperfeiçoavam e se entretinham com uma centena de brincadeiras diferentes, cujas regras complexas diziam respeito apenas a elas e à geografia da própria treliça e dos objetos que ali estavam.

Grace fazia tantas refeições ali, e passava tanto tempo com Zaddie, que Mary-Love começou a reclamar com James que a menina tinha se mudado para a casa de Elinor, que estava incomodando sua nora e sempre acordando Frances. Como ela poderia saber disso, quando praticamente não havia comunicação entre as casas, Mary-Love não explicou.

James se limitou a dizer:

– Grace ainda se sente sozinha depois da morte da mãe, e eu me recuso a interferir em qualquer coisa que a faça feliz.

O fato de sua sobrinha encontrar tanto prazer na companhia de uma menina negra de 13 anos e, o que era mais importante, sempre na casa de Elinor, era como um tapa na cara de Mary-Love. Sem dizer mais uma palavra a James, ela decidiu destruir o ideal de felicidade de Grace. A menina aprenderia que Mary-Love era a fonte de toda bem-aventurança na família dos Caskeys.

∽

Tom e Caroline DeBordenave tinham dois filhos. A mais velha era Elizabeth Ann, uma menina de 15 anos, bonita, popular e inteligente. O menino, cinco anos mais novo, se chamava John Robert e era um problema.

Ele era considerado sortudo por ter nascido em uma família que sempre cuidaria dele, pois era óbvio que jamais conseguiria cuidar de si mesmo. Era uma criança meiga e tranquila, mas limitada. Na escola, estava três séries atrasado, o que significava que havia passado dois anos em cada série e, mesmo assim, continuava bem menos avançado do que os colegas.

Ele passava de ano não por merecimento, mas porque seria cruel mantê-lo onde estava por ainda mais tempo. Sentava-se nos fundos da sala, onde lhe deixavam desenhar em suas tabuletas durante o dia todo, independentemente do que o restante da classe estivesse fazendo. Não era chamado para responder perguntas ou ler em voz alta. Enquanto os demais faziam provas, John Robert debruçava-se sobre a carteira e fingia que também prestava o exame.

Durante o recreio, John Robert não participava de brincadeiras estruturadas com os meninos, pois nunca conseguia entender bem as regras; tampouco tinha coordenação para pular corda com as meninas. Todas as manhãs, no entanto, Caroline DeBordenave enchia os bolsos dele de doces. Assim, durante alguns minutos no começo do recesso matinal, John Robert era muito popular. Meninos e meninas o cercavam, faziam-lhe cócegas, chamavam seu nome e saqueavam seus bolsos até não restar um só doce. Em seguida, todas as crianças iam brincar, enquanto John Robert se sentava aos suspiros no banco ao lado da professora ou, nos melhores dias, batia os apagadores na parede lateral da escola até ele e os tijolos ficarem todos brancos de giz.

Na escola, John Robert era feliz, pois mesmo que não participasse das atividades dos colegas de classe irrequietos, estava sempre cercado pela algazarra constante dos estudos e das brincadeiras. Ainda que às vezes se sentisse solitário, nunca estava sozinho. Nos verões, por outro lado, ninguém pensava nele. Sua mãe continuava a encher seus bolsos de doces, mas ele arrastava aquele peso consigo durante o dia todo. À hora do jantar, o chocolate e os doces de hortelã já tinham derretido, tornando-se uma massa grudenta e nada apetitosa.

Elizabeth Ann às vezes lia para ele. Ela se balançava em uma cadeira na varanda da frente, seu irmão ao lado com o cotovelo no braço do assento, de modo que uma parte do corpo dele se movia para a frente e para trás, acompanhando o movimento. A voz de Elizabeth Ann era reconfortante de ouvir, mas as palavras que ela lia não faziam nenhum sentido para John Robert.

Neste verão, ele se sentia mais sozinho do que nunca. Elizabeth Ann ganhara uma bicicleta de Natal e todos os dias ia com ela ao lago Pinchona, onde tinha aulas de mergulho com um rapaz com idade suficiente para entrar no Exército. Ela também dava de comer ao macaco, e às vezes se debruçava nas janelas do salão de dança para jogar pedaços de pão velho entre as vitórias-régias em flor na água, na esperança de chamar a atenção do jacaré que nadava preguiçosamente entre as palafitas.

Mas John Robert não podia andar de bicicleta, por medo de que o derrubassem; tampouco podia ir ao lago Pinchona, por medo de que caísse na piscina e se afogasse ou se debruçasse demais na janela do salão de dança e fosse parar no meio das vitórias-régias, onde o jacaré esperava por bocados mais atrativos do que o pão velho de Elizabeth Ann. Assim, John Robert ficava sentado nos degraus da frente da sua casa, piscando sob a luz do sol, com os bolsos cheios de doces derretidos, eternamente frustrado em sua expectativa de que alguma criança viesse correndo, chamasse seu nome, fizesse-lhe cócegas e saqueasse os bolsos dele.

Um dia, Mary-Love Caskey telefonou para Caroline DeBordenave e disse:

– Caroline, seu filho está tão solitário. Eu o vejo sentado por horas a fio nos degraus da sua varanda, tão só quanto um cemitério numa velha cidade do interior. Vou mandar a Grace, do James, vir aqui fazer companhia para aquela criança.

– Isso seria ótimo – disse Caroline com um suspiro. – John Robert não sabe o que fazer sem a escola. Fica desconsolado quando chega o verão.

Suponho que algumas pessoas sejam mais sensíveis ao calor.

A maneira de Caroline DeBordenave lidar com a doença mental de John Robert era simplesmente não lidar com ela. Atribuía o silêncio do filho, a prostração dele e suas diversas incapacidades a tudo que pudesse imaginar, menos a um atraso intelectual incurável. No entanto, embora negasse as deficiências do filho, não era por acaso que ela enchia os bolsos dele de doces todos os dias.

Então, na manhã seguinte, quando Grace e Zaddie estavam começando as brincadeiras complexas na treliça de Elinor, o telefone tocou na casa. Um minuto depois, Elinor apareceu e disse:

– Grace, a Sra. Mary-Love quer que vá à casa dela agora mesmo.

E Grace foi, um pouco confusa e perplexa, pois não se lembrava da última vez que tinha sido convocada dessa forma. Mary-Love estava sentada no salão de entrada e, de todas as coisas surpreendentes que poderiam estar no sofá ao seu lado, Grace viu John Robert DeBordenave vestindo um macacão amarelo novo com meia dúzia de bastões de doce de hortelã despontando do bolso do peito.

– Grace – falou Mary-Love –, convidei John Robert para vir brincar com você.

– Senhora?

– Você e John Robert vão se divertir muito durante esse verão, tenho certeza.

Grace olhou com algum receio para John Robert, que sorria timidamente e cutucava às vezes um botão, às vezes uma casca de ferida no joelho, prestes a fazer ambos se soltarem.

– Parece que os amigos que você fez no verão passado não estão por aqui, Grace. Quando comentei isso com Caroline DeBordenave, ela me disse: "Puxa vida! John Robert também está tão sozinho." Então Caroline e eu decidimos que você e John Robert vão passar o resto do verão juntos. Vai ser muito divertido!

Grace começou a entender.

– Eu *tenho* amigos – protestou ela. – Tenho a Zaddie!

– Zaddie é uma menina negra – ressaltou Mary-Love. – Não há problema em você brincar com Zaddie, mas ela não é sua amiga de verdade. John Robert pode ser seu amiguinho *de verdade*.

Grace pareceu detectar certa injustiça naquele argumento, mas, antes que pudesse determinar qual era exatamente, Mary-Love prosseguiu:

– Agora, quero que vocês dois comecem a brincar juntos. Mandarei Ivey buscar você quando for hora de comer. Você e John Robert vão almoçar comigo todos os dias.

Não que Grace desgostasse de John Robert. Sentia pena dele e sempre se esforçava na escola para ser gentil com o menino, fazendo questão de pedir permissão antes de saquear seus bolsos para pegar doces. Mas ele era um menino e não batia bem da cabeça. Ela nunca amaria John Robert DeBordenave como amava Zaddie Sapp.

– Está bem, tia Mary-Love – falou Grace, matreira. – Vou levar John Robert até a casa de Elinor e podemos brincar na treliça.

– Não, não vai – falou Mary-Love. – Vocês podem brincar nesta casa ou podem brincar na casa de John Robert. Não podem brincar na casa de Elinor porque não quero que aborreçam Elinor ou a bebê dela.

– Bem, podemos brincar na *minha* casa?

– A senhora *me deixaria* brincar? – Mary-Love a corrigiu. – Não, não deixo. Não tem ninguém para vigiar vocês lá.

– Não *preciso* que ninguém me vigie!

Mary-Love ficou em silêncio e olhou para John Robert. Grace entendeu perfeitamente o que aquele silêncio e aquele olhar significavam, mas se recusava a ser arrastada para a conspiração da tia.

– Está bem, senhora – disse Grace, emburrada. – Mas tenho que dizer a Zaddie que não vou voltar esta manhã.

– Nada disso – falou Mary-Love. – Você não deve explicações a uma menininha negra contratada para ficar brincando em uma varanda de treliça o verão inteiro. Então, John Robert, o que gostaria de fazer?

Estupefato, John Robert olhou em volta, percebendo pela primeira vez, e ainda assim vagamente, que o novo macacão, a visita forçada, a presença de Grace e aquela conversa tinham a ver com ele.

～

Mary-Love poderia ter acabado com a amizade entre Zaddie e Grace naquele verão se tivesse iniciado uma campanha de eterna vigilância, mas não tinha tempo ou disposição para uma guerra desse tipo. Em vez disso, escolheu imaginar que havia esmagado o inimigo com um só golpe.

No entanto, ela não levou em consideração a profundidade do apego da sobrinha a Zaddie. Grace sempre encontrava uma maneira de contornar a proibição da tia de que ela se relacionasse com a menina negra, bem como de tornar a presença constante de John Robert menos penosa.

Primeiro, Grace foi até Elinor e contou o que havia acontecido. A moça ficou calada a princípio, mas a expressão em seu rosto dizia claramente que simpatizava com Grace e Zaddie.

– Pode vir aqui o quanto quiser este verão, Grace – falou Elinor. – E traga o menino dos DeBordenaves também. Embora eu deva confessar que acho um erro que Caroline deixe uma menina de 10 anos se encarregar do filho dela. Tem alguma coisa errada com ele.

Assim, Grace continuou a passar as tardes com Zaddie, embora agora contassem com a presença de John Robert. Antes, ambas costumavam ser gentis com ele; Zaddie, inclusive, já havia sido chamada à casa dos DeBordenaves várias vezes para vigiá-lo nas tardes de segunda-feira, quando Caroline ia jogar bridge. No entanto, agora que eram forçadas a tê-lo em sua companhia todos os dias, e por tantas horas, as meninas começaram a se ressentir do garoto.

A capacidade dele de se comunicar se limitava quase exclusivamente a gestos e a uma ou outra palavra, que sempre precisava repetir no mínimo três vezes para ser compreendido. Além disso, ele não tinha a mínima noção do que se tratavam as brincadeiras complexas de Zaddie e Grace, mas isso não o impedia de tentar participar delas. Não foi preciso muito para esse ressentimento se tornar crueldade.

Grace começou a humilhar o menino. John Robert não entendia bem essas humilhações, mas sentia o desprezo que havia por trás delas. Ela tirava os doces do bolso dele, enfiava-nos na boca do menino e o forçava a engoli-los inteiros. Derramava de propósito leite e chá gelado nas roupas novas dele, e então exclamava: "Você é tão desajeitado, John Robert DeBordenave!"

Se ele quebrasse algum dos tesouros da loja, como fazia sempre que pegava um, Grace arrancava a peça de suas mãos e a atirava contra o rosto do garoto. Ela nunca dizia que estava tudo bem, que ele não tinha culpa, quando lágrimas grossas e silenciosas começavam a escorrer pelo rosto dele. Grace ignorava o fato de o menino ter deficiências, enxergando apenas uma lerdeza irritante. Só conseguia vê-lo como um instrumento pelo qual Mary-Love tentava separá-la de Zaddie. Quando Grace sentia vergonha de suas crueldades, culpava Mary-Love.

Um dia, quando John Robert estava diante da porta aberta da varanda de treliça olhando para o rio Perdido, Grace, sem pensar nas consequências, veio correndo por trás dele e o empurrou escada abaixo.

O garoto caiu às cambalhotas, sua cabeça batendo contra a ponta do último degrau. Quando Grace desceu correndo e levantou a cabeça do menino, sangue escorria da ferida, enchendo um sulco na areia desenhada.

Alertada para o acidente pelos gritos histéricos de Grace, Elinor chamou o Dr. Benquith. John Robert foi trazido de volta à consciência, examinado, enfaixado e carregado para casa por Bray. Grace foi correndo atrás de Bray, explicando enquanto chorava:

– Ele caiu. Ele caiu das escadas e foi rolando até lá embaixo!

Grace tinha certeza de que todos sabiam que ela havia empurrado John Robert. Mas a tia dela disse apenas:

– Como pôde deixar isso acontecer? Não estava vigiando o menino? Sabe muito bem que ele não tem juízo suficiente nem para procurar abrigo quando está chovendo!

A princípio, Grace ficou aliviada ao ver que não havia sido descoberta. Era melhor ser acusada apenas de negligência do que de assassinato. Mas, com o passar dos dias, percebeu que aguentava a culpa sozinha. Isso a deixava chateada e abatida; não tinha apetite e seu sono era repleto de pesadelos. James ficou preocupado com a filha. Mary-Love disse:

– *Acho bom* que ela se sinta culpada. Aquele menino poderia ter morrido! Como ela se sentiria se isso acontecesse? Como *nós* teríamos nos sentido?

Certa tarde, Elinor chamou Grace para conversar. Sentada em um banco suspenso na varanda do segundo andar, perguntou:

– Você se sente muito mal pelo que aconteceu com John Robert, não se sente?

Grace assentiu devagar.

– Sim, senhora. Ele vai morrer?

– Claro que não! Quem disse isso?

– A tia Mary-Love disse que ele podia morrer. E que seria minha culpa!

Elinor mordeu o lábio por alguns instantes, olhou por cima dos ombros de Grace para a casa de Mary-Love, então disse:

– John Robert não vai morrer e, mesmo que morresse, não seria culpa sua. Entende o que eu digo, Grace?

Grace tremeu, mordendo o próprio lábio. Então, explodiu em lágrimas e enterrou o rosto no colo de Elinor.

– Seria, sim! Seria, sim! – gritou Grace. – Eu o empurrei!

– Ah… – disse Elinor. – Entendo.

Sem tirar a cabeça de Grace do colo, Elinor pegou a criança e a puxou para cima do banco, pousando-a ao lado dela. Grace chorou por mais alguns minutos, então se sentou com os olhos vermelhos.

– Muito bem, me conte o que aconteceu – pediu Elinor.

Grace contou.

– E você não sabe por que fez isso? – perguntou Elinor quando Grace terminou de relatar sua versão do ocorrido.

– Não, senhora. Eu gosto do John Robert. Só não gostava de ter que tomar conta dele o tempo todo. Às vezes Zaddie e eu só queríamos ficar sozinhas!

Grace ficou um bom tempo sentada ao lado de Elinor, sentindo-se bem melhor depois daquela confissão.

Quando Elinor se levantou, disse:

– Grace, vou ter uma conversa agora com Caroline DeBordenave.

– A senhora vai contar que eu empurrei John Robert? – perguntou Grace com um grito, em um acesso de pavor e culpa.

– Não – respondeu Elinor. – Vou dizer a ela que *não* foi culpa sua John Robert ter caído das escadas, que lamentamos o ocorrido, mas que você não devia ter sido deixada como babá dele o verão inteiro. É nova demais para ter uma responsabilidade tão grande. Se ela quisesse que John Robert fosse vigiado a cada minuto do dia, deveria ter contratado alguém. É isso que vou dizer. E vou explicar que você está se sentindo muito mal, por mais que *não* seja culpa sua, e que gostaria de pedir permissão para visitar John Robert e perguntar se ele está bem. Você faria isso, não faria?

– Sim, senhora! – exclamou Grace com veemência sincera.

～

Caroline DeBordenave entendeu tudo o que Elinor disse e concordou com ela.

– Por Deus, Elinor, quando Bray trouxe John Robert para casa e eu vi todo aquele sangue, achei que ia enlouquecer! Não quis bater a porta na cara da pobre Grace, mas eu não estava pensando direito. John Robert é a coisa mais preciosa que Tom e eu temos na vida. Se alguma coisa acontecesse com aquele menino, não sei o que seria de nós. Imagino que faríamos as malas e iríamos embora. Duvido que teríamos forças para continuar aqui.

Grace e Zaddie já não eram mais forçadas a suportar a companhia e a responsabilidade de cuidar de John Robert DeBordenave. E a trama de Mary-Love, frustrada pela interferência de Elinor, não deu em nada.

CAPÍTULO 7

O coração, as palavras,
o aço e a fumaça

Naquele verão, Sister se perguntava como poderia ter sido tão tola a ponto de permitir que Ivey Sapp fizesse um feitiço para Early Haskew se apaixonar por ela.

Com um constrangimento que lhe dava arrepios, ela recordava a maneira como tinha dado voltas à mesa da cozinha com um coração de galinha sangrento na mão e entoado palavras, perfurando-o e o jogando no fogo. Rezava para que ninguém nunca descobrisse tamanha tolice.

Agora, quando a cena lhe voltava à mente, ela sempre via uma fileira de cabeças humanas diante da janela da cozinha, com olhos que observavam seus movimentos, ouvidos que escutavam suas palavras e bocas que espalhariam aquela história humilhante por toda a cidade. Porém, nada aconteceu. Mesmo em suas investigações mais desconfiadas, ela não conseguiu detectar nenhum sinal de que o episódio tinha sido descoberto nos rostos que passavam por ela pela rua ou nas vozes que a cumprimentavam todos os dias. O monte ao lado dos degraus dos fundos, sob o qual os restos da galinha sacrificada estavam enterrados, havia sido nivelado pela chuva e ninguém mais saberia dizer a localização dele.

Embora Sister se sentisse aliviada, também estava desapontada porque o feitiço não parecia ter surtido efeito. Quando ficava sozinha em casa com Early, Sister colocava um bom vestido e se sentava no melhor sofá, geralmente no salão fechado da frente, ostensivamente pronta para aceitar um pedido de casamento. Early, no entanto, apenas passava por ela e dizia:

– Deus do Céu, Sister, não está morrendo de calor aqui dentro?

Sister então suspirava, se levantava do sofá, fechava as portas do salão e subia para vestir algo menos apropriado para um pedido de casamento, porém mais confortável para o clima.

Após repetir a cena várias vezes, ela decidiu que um homem tão prático quanto Early Haskew não seria apanhado apenas com feitiços e estratagemas. Sister percebeu que não poderia só se colocar à disposição para receber o pedido: teria que ser mais incisiva. Se ela não tinha muita experiência em lidar com homens, Early – que sempre vivera com a mãe – tampouco havia tido muitas oportunidades de lidar com mulheres jovens. Sister duvidava que ele já tivesse feito alguma proposta daquele tipo. Assim, por que deveria supor que ele reconheceria que ela estava disponível?

Dessa maneira, sempre que Early estava trabalhando nas plantas do dique na sala de estar, Sister se demorava ali, sem tentar disfarçar o fato de que estava se demorando *de propósito*. Se Early saísse para inspecionar um barranco, falar com alguém cujo barraco teria que ser removido ou examinar um veio de argila na floresta, Sister implorava que a levasse consigo.

– Vai ser um tédio, Sister! – exclamava ele.

Ela respondia, sem afetação:

– Puxa vida, Early. É que eu gosto da sua companhia!

Essa tática começou a funcionar. Logo, ela já não fazia questão de perguntar. Quando o via saindo pela porta e entrando no automóvel, saltava imediatamente no banco de trás e dizia:

– Para onde vamos hoje? Com quem vamos falar, Early?

Se por acaso Sister estivesse em outra parte da casa e não o visse sair pela porta, Early esperava diante do carro e, quando Sister aparecia à janela, ele a chamava:

– Ei, Sister, assim eu vou me atrasar!

～

– Você está incomodando Early, Sister – dizia Mary-Love todas as noites durante o jantar, como se Early não estivesse sentado logo à direita de sua filha.

– Se Early não quisesse que eu o acompanhasse – falou Sister –, deveria me dizer para ficar em casa.

– Sister me ajuda bastante, Sra. Caskey.

– Como? Mas como? Eu gostaria de saber.

– Bem, ela anota os números para mim, traz consigo um bloco de anotações. Além disso, conhece as pessoas. Sister, aposto que você conhece todo mundo nesta cidade! Quando vou até a Baixada dos Batistas, preciso de ajuda. Da maneira que aquelas pessoas falam, às vezes é difícil entender o que estão dizendo. Em Pine Cone, eles falam de um jeito diferente. Então preciso da Sister para me explicar o que querem dizer.

– Sister só atrasa seu trabalho, Early – disse

Mary-Love, que começava a ver o que estava acontecendo e parecia disposta a cortar o mal pela raiz antes que o resultado fosse mais grave.

Assim, todas as noites, Mary-Love comentava que Sister incomodava Early, sempre considerando os protestos dele mera educação. E, todas as noites, exigia que Sister deixasse o homem em paz por trinta minutos que fosse.

Mas Sister apenas dava de ombros e dizia:

– Mamãe, estou fazendo o que quero porque estou feliz assim. Então não espere que deixe de fazer só porque é o que a senhora quer.

Mary-Love cogitou pedir a Early que saísse da casa de vez, mas por vários motivos não conseguiu se obrigar a fazer isso. Para começar, havia implorado que o homem viesse, e ele provavelmente guardara as duas cartas que ela escrevera, de modo que não poderia mandá-lo embora sem arriscar danos graves à sua reputação.

Ele também continuava sendo uma pedra no sapato de Elinor Caskey na casa ao lado, e Mary-Love não fazia questão de amenizar o incômodo. Por fim, resolveu desistir de qualquer intervenção, confiando que em breve a inexperiência de Sister acabaria por fazer aquele romance casual ir por água abaixo. Mesmo assim, Mary-Love continuava preocupada que algum tipo de laço estivesse se estreitando entre a filha e o engenheiro.

~

E, de fato, o dia que Mary-Love temia e pelo qual Sister ansiava não tardou a chegar, o dia que revelou que Sister tinha razão e Mary-Love estava enganada.

Era um dia especialmente quente de agosto. Sister e Early tinham ido de carro até bem longe no interior, para chegarem a Dixie Landing, à beira do rio Alabama, onde havia uma jazida de argila que interessava a Early.

Sister e ele deixaram Bray com o automóvel na única loja de Dixie Landing. Levando sanduíches e uma garrafa de leite em um cesto, seguiram por uma trilha apagada que cruzava o pinheiral. Encontraram a jazida e, enquanto Sister se sentava em um pedregulho de arenito razoavelmente limpo, Early subia e descia o fosso, ficando todo vermelho e empoeirado no processo.

– Não vai servir – concluiu ele.

Após a inspeção, em vez de voltarem para o carro, eles subiram até a borda da jazida e depois desceram do outro lado, chegando ao lago Brickyard. O lago era uma depressão vasta e rasa de água azul, em um pasto amplo e verdejante diante do rio Alabama, que era largo e cinzento. Em contraste com o rio que viam à sua frente, e com os rios que serpejavam por Perdido, a água do lago Brickyard era extraordinariamente azul e bonita.

Havia um solitário bosque de ciprestes na margem mais próxima do lago e, quando Sister e Early desceram até lá, na intenção de fazer um piquenique à sombra dele, os dois descobriram que o solo era úmido demais e que existia um pequeno barco, com dois remos dentro, amarrado a uma árvore. Como era costume naquela parte do Alabama, eles requisitaram a embarcação para o próprio lazer.

– Também fiz biscoitos – falou Sister enquanto subia no barco.

Early remou até o centro do lago. Um martim-pescador guinchou dos galhos, mergulhando em seguida na água a menos de 6 metros deles.

– Eu ronco? – perguntou Early de repente, depois de terem deslizado pela água em silêncio por alguns minutos.

– Com certeza – respondeu Sister, animada.

– Mamãe dizia que sim. Mas atrapalha você na hora de dormir?

– Às vezes – disse Sister. – Mas não ligo. Posso sempre tirar um cochilo à tarde se estiver cansada.

– Você está na outra ponta do corredor.

– Sim – falou Sister, desembalando um sanduíche para Early e o estendendo para ele. – Mas, Early, quando começa, você ronca bem alto.

Ele largou os remos e pegou o sanduíche. Comeu tão depressa que terminou antes de Sister sequer dar a primeira mordida no dela.

– Estava faminto.

– Devia ter dito. Não precisávamos ter esperado.

– Mas e se estivéssemos no mesmo quarto?

Sister estava de boca cheia. Ela inclinou a cabeça, confusa.

– Se estivéssemos no mesmo quarto – falou Early –, você não conseguiria dormir por causa do meu ronco.

Ele parecia incomodado com a ideia. Sister continuou a comer o sanduíche.

– Então você não faria isso, não é? – perguntou Early, baixando os olhos.

– O que eu não faria?

– Se casar comigo.

Sister engoliu o resto do sanduíche.

– Early Haskew, então é disso que está falando?

– Sim, o que acha?

– Isso nem me passaria pela cabeça. E daí que você ronca? Papai roncava o tempo todo. E ele já morreu faz vinte anos. Obviamente isso não fez mal à mamãe, que já viveu tanto mais tempo que ele.

– Quer dizer que você vai pensar se quer casar comigo? Sister, ainda tem outro sanduíche?

O prazer e a alegria da expectativa pareceram aumentar o apetite de Early.

Sister enfiou a mão no cesto e tirou outro sanduíche lá de dentro.

– Com uma condição – falou ela.

– Qual?

– Que não vamos morar com a mamãe.

– É por isso que aceitaria se casar comigo, para fugir da Sra. Mary-Love? Ela tem sido muito boa comigo.

– A Sra. Mary-Love não é sua mãe. Early, vou me casar porque estou *apaixonada* por você, e por mais nenhum outro motivo. Com a exceção de que eu teria grande satisfação em deixar a mamãe sozinha.

Early Haskew pousou os remos do barco de volta na água e deu três voltas ao redor da margem do lago Brickyard. Teria dado uma quarta, mas Sister lhe lembrou que Bray já devia estar preocupado.

No caminho de volta do lago até Dixie Landing, Sister abriu às escondidas um sorriso de orgulho por ter tramado aquele noivado sem a ajuda de

Ivey e suas feitiçarias. Arrependia-se de ter duvidado do próprio poder.

Então o sorriso de orgulho desapareceu. Sister percebeu que, de certo modo, o feitiço *tinha* funcionado. Ivey sacrificara uma galinha e lhe arrancara o coração. Sister entoara palavras sobre aquele órgão, perfurando-o cinco vezes com aço e inalando a fumaça de sua incineração. Agora, era noiva de Early Haskew. Não podia dar todo o crédito apenas a si mesma.

O coração daquela galinha, bem como o aço, as palavras e a fumaça, poderiam muito bem ter sido os responsáveis pelo resultado.

Como ela poderia ter certeza?

CAPÍTULO 8

Queenie

Early pretendia contar a Mary-Love naquela mesma noite sobre seu noivado com a filha dela, mas Sister o alertou para evitar essa abordagem.

— Mamãe vai criar problemas, ou pelo menos tentar.

— Por quê? — perguntou Early. — Achei que sua mãe gostasse de mim.

— É claro que gosta, mas não como genro. Mamãe não aprovaria minhas intenções nem que Jesus batesse à nossa porta com um caixa de sapatos cheia de diamantes. Ela não vai querer que eu vá embora, é simples assim.

— Sister, não tenho medo de problemas. Posso enfrentar sua mãe.

Eles continuavam a atravessar a floresta vindos do lago Brickyard em direção a Landing, onde Bray os esperava com o automóvel. Haviam passado horas passeando no barco emprestado, e agora o sol já baixava no céu. A floresta estava na penumbra, mas vez por outra a luz solar vencia os topos das árvores, cegando-os por alguns instantes enquanto andavam de mãos dadas.

– Claro que pode, Early. Essa não é a questão. Estou pensando no dique.

– Como assim?

– Acho que você deve concluir todos os seus planos e deixar tudo preparado antes de contar para a mamãe. Porque vai haver problemas e, quando isso acontecer, você não vai conseguir trabalhar como deveria. Além disso, não pode sair em lua de mel comigo antes de terminar o que veio fazer aqui, pode?

– Não, não posso – respondeu Early, resoluto, orgulhoso de que sua noiva visse as coisas de uma perspectiva tão responsável e prática.

Por ora, nada foi dito. Sister contou a Ivey sobre o noivado. Para o alívio de Sister, Ivey disse apenas:

– Fico tão feliz por você! – Sem nenhuma menção à galinha enterrada.

Tudo continuou como antes, com exceção de que Sister passava menos tempo com Early, pois já tinha alcançado seu objetivo. Mary-Love se tranquilizou, imaginando que a coisa havia esfriado entre os dois. Sister, pensava ela, tinha sido dissuadida pelo desinteresse de Early.

Early trabalhava com mais afinco, sabendo que, quando concluísse os planos, receberia não só o pagamento do bônus prometido por James, como a mão de Sister em casamento.

Quando encontrou um anúncio no verso de um periódico que comprara na farmácia prometendo uma cura patenteada e garantida para o ronco, ele o recortou e enviou seu pedido. Todos os dias, aguardava ansiosamente a encomenda. Certa vez, ouvira a mãe dizer que quase havia largado o marido por conta dos roncos e da chiadeira noturna dele. Ele não tinha nenhuma intenção de correr tal risco com Sister quando dividissem a mesma cama.

Aos poucos, e a contragosto, o verão deu lugar ao outono. Por toda a propriedade dos Caskeys, o vento às vezes soprava frio e úmido pelo rio Perdido, mas as folhas rígidas dos carvalhos-aquáticos continuavam imóveis nos gravetos e galhos das árvores cada vez mais altas. Musgo crescia nos troncos, enquanto brotos diminutos e mirrados surgiam nas forquilhas das raízes.

Vestindo um suéter de lã longo, Zaddie saía cedo todas as manhãs para traçar padrões na areia com o ancinho.

Certa tarde no começo de outubro, Bray apareceu no escritório de James e disse:

– Sr. James, a Sra. Mary-Love pediu para o senhor voltar pra casa agora mesmo.

– Já vou, Bray – respondeu James, levantando-se de trás da mesa e saindo do escritório sem hesitar.

A última vez que James fora convocado daquela forma tinha sido na tarde em que Elinor enviou a esposa dele para a própria morte.

– O que aconteceu? – perguntou James enquanto entrava no carro.

– Não sei – respondeu Bray, que sabia muito bem, mas tinha sido instruído a não falar nada.

Entendendo isso, James não fez mais perguntas, por mais que estivesse aflito.

Quando Bray parou em frente à casa de Mary-Love, James subiu às pressas até a varanda da frente, imaginando que o telhado sobre a sala de aula de Grace havia desabado e a filha tivesse sido atingida na cabeça por uma tábua.

– James! – exclamou Mary-Love em seu tom de voz mais melodioso. – Estamos aqui na varanda!

James parou no mesmo instante. A voz de Mary-Love não indicava sinal de desastre, mas algo na doçura daquele tom, aliado ao fato de ter sido chamado da fábrica e de Bray ter recebido ordens para não lhe contar nada, deixava James na defensiva.

Ele subiu os degraus devagar e abriu a porta de tela em direção à varanda. Estava mais cheia do que o normal: Mary-Love se encontrava sentada na namoradeira com Early Haskew ao lado dela. Sister estava no banco suspenso com uma garotinha ao seu lado. Na outra namoradeira, coberta por uma manta de chenile, estavam Queenie Strickland, a cunhada de James, e o filho dela, Malcolm. O menino arrancava fiapos de uma rosa do tecido. A mulher era baixinha, sardenta e com o cabelo encaracolado pintado de um preto lustroso. James não via nenhum dos Stricklands desde o funeral da esposa.

– James, que bom que conseguiu escapar do trabalho – falou Mary-Love. – Queenie veio de Nashville para nos visitar!

Queenie foi correndo em direção a James.

– Ai, meu Deus, James Caskey, você não sente saudades dela?!

– Sinto, eu...

Mas ele não conseguiu falar mais nada, pois Queenie o havia agarrado pela cintura fina e espremido todo o seu fôlego.

– Genevieve era a luz da minha vida! Estou tão

triste sem ela! Vim aqui ver se você já tinha morrido de desgosto! – Ela soltou James por um instante e apontou para a namoradeira. – Está lembrado do meu menino, Malcolm? Ele estava arrasado no funeral da tia. Filho, diga olá para James Caskey, seu tio tão gentil.

– Olá, tio James – falou Malcolm, emburrado, conseguindo naquele momento abrir um buraco na manta de chenile com a unha do polegar.

– E ali está meu tesouro de menina, Lucille, que pegou caxumba no dia em que nossa querida Genevieve morreu. Ela queria tanto vir ao funeral, mas eu não deixei, ainda que tenha precisado deixá-la no hospital para chegar aqui a tempo. Uma enfermeira até me falou que nunca tinha visto uma criança ficar tão chateada quanto ela por não ter podido vir ao funeral da tia Genevieve!

Lucille parecia ter 3 anos, logo não tinha mais de 2 quando Genevieve morreu – ou seja, jovem demais para demonstrar tamanho interesse no enterro. Como se fosse uma deixa, Lucille desatou a chorar no banco, brandindo os punhos fechados para afastar Sister quando esta tentou passar o braço em volta dela para consolá-la.

James se afastou de Queenie, que erguera os braços curtos com a intenção de abraçá-lo novamente. Ele tinha a nítida sensação de que caíra em uma armadilha. Olhou de Queenie para Mary-Love, como se quisesse saber qual delas tinha sido responsável por aquela cilada.

– Bem, Queenie – falou James após alguns instantes –, Carl veio com você?

Queenie espalmou a mão contra o peito, como se quisesse desacelerar as batidas repentinas de seu coração ferido.

– Você me magoa falando daquele homem! – exclamou Queenie, cambaleando para trás e balançando a mão com cautela atrás de si para garantir que não tropeçasse em nada.

James ficou petrificado. Acabara de cair em uma segunda armadilha.

Queenie cambaleou de volta até a namoradeira, deixando-se tombar nela pesadamente. Acabou sentando na mão de Malcolm, que soltou um grito. Ele fez questão de exibir a dificuldade que teve de tirar a mão debaixo do peso da mulher e sacudiu os dedos para verificar se estavam quebrados. Quando entendeu que estavam inteiros, fechou-os em um punho e deu um soco na coxa da mãe, mas ela nem sequer percebeu.

– Sr. Haskew – exclamou Queenie –, me perdoe!

– Não faz mal – falou Early automaticamente,

embora nem ele nem ninguém soubessem por que Queenie lhe pediu perdão.

– O senhor não é da família – disse Queenie, à guisa de explicação. – Não deveria ter que aturar os problemas familiares dos Stricklands.

– Prefere que eu entre? – falou Early, cordialmente, enquanto já se levantava.

– Sente-se – falou Mary-Love em voz baixa. Então, subindo o tom: – Sra. Strickland, se pretende falar sobre problemas familiares, sugiro que mande as crianças irem brincar. Eu mesma não estou interessada em saber das atribulações da família Strickland, mas não me parece que sejam adequadas aos ouvidos do seu rapazinho e da sua menina pequena.

– De modo algum! – exclamou Queenie. – Estas crianças sabem tanto quanto eu! Sofreram tanto quanto eu sofri! Seu pai bateu em você, Malcolm? – perguntou ela, virando-se para o filho como se aquilo fosse um interrogatório.

– Eu que vou bater nele! – bradou Malcolm com hostilidade, enquanto socava a coxa da mãe de novo.

– Ele pôs as mãos no seu rostinho angelical, Lucille? – perguntou Queenie.

A filha de Queenie, que tinha acabado de se

acalmar da crise anterior, tapou o rosto com as mãos de repente e voltou a explodir em soluços estridentes. Sister tentou afastar as mãos da menina, mas Lucille gritou tão alto que ela permitiu que as mãozinhas voltassem à posição anterior, pois serviam ao menos para abafar o choro.

– Carl castigou meu corpo com suas mãos – falou Queenie em uma voz baixa e medonha. – As marcas estão por debaixo do meu vestido. Não deixaria que as vissem por nada deste mundo. Se eu tivesse ficado com aquele homem, meu nome valeria tanto quanto o de um cachorro para as pessoas em Nashville. Vou revelar o maior erro que cometi em toda a minha vida. Contarei isso para vocês, embora um dos aqui presentes não tenha nenhum parentesco comigo... – Ela fitou Early Haskew e, em seguida, correu os olhos pela varanda sem se fixar em nada. – *Subir ao altar com aquele homem foi a minha desgraça.*

Os Caskeys estavam constrangidos. Em vez de olhar para Queenie, Sister olhava para a garotinha ao seu lado. De vez em quando, tentava sussurrar algumas palavras de consolo. Mary-Love continuava impassível, com os braços cruzados sobre o peito, olhando para Queenie como se não quisesse acreditar que uma mulher civilizada pudesse se humilhar daquela forma.

Vez por outra, lançava olhares de reprovação para James, como se tudo aquilo fosse culpa dele. De certo modo, considerava que sim, pois era por meio do casamento dele que os Caskeys tinham se vinculado a uma mulher como Queenie Strickland.

James continuava de pé, no mesmo lugar de quando havia chegado à varanda. Não sabia o que fazer, o que dizer e estava ciente de cada pensamento que passava pela cabeça de Mary-Love. Em seu íntimo, concordava com ela: era tudo culpa dele. Portanto, o mínimo que podia fazer era encerrar aquele assunto o mais rápido possível.

– Então você deixou Carl, Queenie?

– É claro! – exclamou Queenie, levantando-se e aparentemente se preparando para correr para cima de James outra vez.

Ele ergueu as mãos e gesticulou para que a mulher se sentasse de volta. Queenie se deixou cair na namoradeira, mas não antes de Malcolm ter outra oportunidade de enfiar a mão debaixo dela de propósito para, mais uma vez, ter o prazer de soltar um grito e dar outro soco na coxa da mãe.

– Você queria que eu ficasse com ele? – lamentou Queenie. – Queria me ver espancada até cair no chão pela mão pesada daquele homem diabólico?

– Ah, mamãe! Eu ia dar uma surra nele! – exclamou Malcolm, agora desferindo uma série de murros ilustrativos contra a perna da mãe.

– Bem – falou James após pensar por alguns instantes –, então *onde* está Carl?

– Se Carl está em Nashville? – indagou Queenie, alucinada, remexendo-se na namoradeira. – Eu sei lá? Talvez sim. Talvez não. Uma pergunta melhor é se Carl sabe onde *eu* estou. A resposta é não. Pus minhas malas e meus filhos queridos no banco de trás do carro e vim dirigindo direto até Perdido, Alabama, sem carta de motorista ou 10 dólares no bolso.

Sister ergueu o olhar rapidamente quando a ouviu falar de dinheiro.

Queenie ficou calada de repente. Ela olhou ao redor da varanda e, quando voltou a falar, foi com uma postura bem mais comedida.

– Se eu tenho algum lugar para ficar? Essa também é uma pergunta que talvez você queira fazer, James. E qual seria a resposta, Malcolm? Seria "sim"? Não, não seria. Seria "não", Lucille? Sim, exatamente. Os Stricklands estão desabrigados. Nosso carro quebrou em frente à prefeitura de Perdido, bloqueando o tráfego, e nunca mais vai se mexer. Os Stricklands não têm dinheiro para comprar sequer uma caixa de maçãs podres de um menino negro à beira da estrada.

James Caskey se sentou na namoradeira entre Early Haskew e Mary-Love. Todos ficaram um bom tempo calados, de modo que se ouviam apenas os soluços de Lucille, que haviam recomeçado quando sua mãe lhe fizera a pergunta retórica. Era possível ver Ivey Sapp pela janela da cozinha que dava para a varanda, assistindo descaradamente a tudo o que estava acontecendo.

– Por que a senhora veio a Perdido, Sra. Strickland? – perguntou Mary-Love com frieza.

– *Por favor*, me chame de Queenie! *Por favor!* Eu vim a Perdido por causa de James. Não tenho família. Eu tinha Genevieve, e mais ninguém. Éramos da família Snyder. Todos os Snyders morreram, com exceção do meu irmão Pony. Ele foi para Oklahoma e se casou com uma menina indígena. Pelo que sei, meus tesouros aqui têm uns quinze, vinte priminhos indígenas agora. Mas eu não poderia ir viver com Pony. Eles não têm nada. Nem sei o primeiro nome da mulher dele. Como eu poderia criar meus tesouros em uma reserva indígena?

Ela fez uma pausa, então continuou:

– Mas eu me recordei de todas as vezes que

minha doce irmã vinha ficar comigo e eu lhe dizia: "Genevieve Snyder…" Nunca usei o nome de casada dela, imagino que sempre pensarei nela como uma Snyder. "Genevieve Snyder, por que veio ficar aqui comigo quando tem o melhor marido do mundo morrendo de saudades suas lá em Perdido? Por que não está com ele?" E ela respondia: "Não sei, pois você tem razão. Ele é o melhor homem de todo o mundo. Faria tudo por mim, por você ou pelas crianças. Acho que é só porque gosto mais do que devia de Nashville." Esse era o problema dela: adorava Nashville. Nunca vi uma garota se apegar tanto a uma cidade quanto Genevieve se apegara a Nashville. Imagino que não conseguisse ser feliz em outro lugar do mundo. Ela me disse que, se acontecesse qualquer coisa e eu precisasse de ajuda, deveria vir para cá e falar com o marido dela, James Caskey. Então, quando algo aconteceu, algo verdadeiramente terrível, peguei meu carro e aqui estou eu.

⌒

Por mais espalhafatoso que tivesse sido, o discurso de Queenie teve o efeito desejado. James Caskey foi convencido a ajudar a mulher e os filhos dela. A parca bagagem da família foi carregada até a casa dele por Bray e, mais à tarde, Grace Caskey foi apresentada aos primos mais novos. Como forma de cumprimentá-la, Lucille espalhou chocolate no vestido de Grace e Malcolm lhe deu um soco na barriga.

Pela primeira vez em muito tempo, o jantar foi servido a James em sua própria mesa, em vez de na casa de Mary-Love. Naquele fim de tarde, Roxie voltou da casa de Elinor a fim de cozinhar para eles. James não queria que o resto da sua família tivesse que aturar Queenie, Malcolm e Lucille. Inclusive, tomou a precaução de enviar Grace à casa de Mary-Love, que prometeu à menina que ela poderia ficar ali por todo o tempo em que aquelas pessoas terríveis estivessem com seu pai.

Durante o jantar, James perguntou para Queenie:

— Tem certeza de que quer ficar em Perdido? Acha mesmo que serão felizes aqui, onde não conhecem ninguém?

— Bem, conhecemos você, James Caskey. Quem mais precisamos conhecer? E agora que já fomos devidamente apresentados ao núcleo de sua família, o que mais poderia querer? Se bem que eu me lembro de que havia mais familiares no funeral, não? Bem, provavelmente vou conhecê-los com o tempo. Lucille e Malcolm estão saltitantes de alegria.

Lucille e Malcolm batiam os calcanhares nas cadeiras.

– Está bem – falou James Caskey, desanimado, arrependido de um dia ter lamentado que se sentia sozinho naquela casa. – Então amanhã mesmo começarei a procurar um lugar para vocês morarem.

– Um lugar? – exclamou Queenie, girando a cabeça ao redor, mas sem descolar os olhos da molheira que inclinava sobre o seu arroz. – O que há de errado com esta casa? Você tem espaço, todo o espaço do mundo! Poderíamos ter trazido nossa casa inteira para seu salão de entrada, James, para ter uma ideia de quanto espaço *você* tem.

James achou ter vislumbrado o reflexo de mais uma armadilha escondida nas folhas caídas pelo seu caminho. Ele se deteve, olhou à sua volta em busca de rotas alternativas, e acabou por dizer em um tom suave:

– Não, Queenie.

– James Caskey, você…

– Vou procurar um lugar para morarem. Pagarei tudo e cuidarei de vocês, até certo ponto, por respeito a Genevieve. Mas não posso deixar que vivam nesta casa comigo e com Grace.

– Você está sozinho! – exclamou Queenie.

Com certo pânico, James percebeu que era possível ver uma armadilha ainda maior, só um pouco mais adiante na floresta.

– Eu tenho Grace!

– Grace é preciosa, mas é uma criança. Ela não pode lhe fazer companhia como eu poderia! Poderíamos ser uma família feliz. Você perdeu sua esposa, a minha querida Genevieve, e eu perdi um marido, aquele pagão imprestável do Carl. Tenho vergonha de carregar o nome imundo dele! Tenho vergonha que meus tesouros precisem carregá-lo pelo resto da vida! Meu único consolo...

– Queenie – falou James, interrompendo-a –, vocês podem passar a noite aqui. Mas amanhã encontrarei um lugar para vocês morarem.

– James Caskey, eu sei por que está fazendo isso. Sei por que está me expulsando de sua casa.

– Por quê? – perguntou ele, muito intrigado.

– Porque meu querido Malcolm quebrou aquela peça de vidro pequenina hoje à tarde. Ele só queria vê-la, porque a achou tão bonita... e eu achei também. Então falei: "Malcolm, isto é do James! Coloque exatamente onde estava e nunca mais pegue nada nesta casa." E ele falou: "Mamãe, eu nunca vou pegar mais nada na casa do tio James enquanto for vivo." Tentei consertá-la, mas era impossível juntar os pedaços de volta.

James Caskey não teve coragem de perguntar o que tinha sido quebrado e, durante toda a semana seguinte, evitou até olhar para sua prateleira de bibelôs por medo de descobrir qual peça a criança havia destruído.

– Não é por isso – disse ele para Queenie. – Eu nem sabia... desse acidente.

– Ohhh! Então por que eu fui falar? – exclamou Queenie. – James, nós poderíamos ser tão felizes!

Mas James, demonstrando uma firmeza pouco característica, não se deixou persuadir. No dia seguinte, ele comprou à vista a casa ao lado da propriedade do Dr. Benquith, no lado ensolarado da colina baixa que se erguia a oeste da prefeitura.

De lá, era uma caminhada de no mínimo dez minutos até a casa dos Caskeys, e Queenie era tão roliça e gorducha que todos calculavam que evitaria fazer com frequência o esforço físico exigido por aquele trajeto. Queenie e os filhos dormiram naquela casa desde a primeira noite, em colchonetes obtidos dos depósitos de Mary-Love.

Uma vez convencida de que James aceitara a culpa por ter atraído Queenie Strickland a Perdido, Mary-Love decidiu tornar a situação o mais fácil possível para ele. Tratou da mobília em um só dia de compras em Mobile – demonstrando, caso alguém ainda duvidasse, o quanto tinha postergado a compra dos móveis para a casa de Oscar e Elinor.

James apresentou Oscar e Elinor a Queenie e aos filhos dela. Algo na postura ou nos olhos de Elinor acuou até mesmo Malcolm e Lucille. Malcolm não deu chutes e Lucille não chorou. No entanto, assim que chegaram em casa, Malcolm mostrou à mãe um roxo no braço, afirmando que Elinor o havia beliscado com força quando ninguém estava olhando.

Elinor, Roxie e Zaddie fizeram cortinas para todas as janelas da casa de Queenie, levaram-nas até lá, penduraram-nas e, em seguida, foram embora sem sequer aceitarem uma xícara de café ou um pedaço de bolo pelo trabalho.

Queenie não precisava se preocupar com dinheiro, pois James Caskey havia aberto contas de valor limitado para ela em determinadas lojas, para que pudesse comprar aquilo de que precisava. Uma vez, na loja de vestidos de Berta Hamilton, quando Queenie indicou um casaco longo com colarinho de pelo e mangas grossas do mesmo material, Berta Hamilton logo disse:

– Ah, Sra. Strickland, temo que este não vá cair muito bem em você…

Queenie insistiu em experimentá-lo e, ao contrário do previsto, ele servira com perfeição. Assim, Berta Hamilton foi obrigada a dizer sem rodeios o que tinha apenas sugerido discretamente:

– Não vou pôr um casaco de 150 dólares na conta do Sr. James quando a senhora já gastou 362 dólares aqui este mês, Sra. Strickland.

Queenie ficou furiosa e fez um escândalo, mas foi embora sem o casaco. Ela começou a entender o que James tinha pretendido dizer com "até certo ponto".

CAPÍTULO 9

Natal

Queenie Strickland descobriu que Perdido era osso duro de roer. Era inquestionável que ela estava melhor ali do que em Nashville; vinha sendo tratada com mais consideração, tinha uma casa melhor e, o que era mais importante, havia se livrado do marido. Mas as outras coisas não estavam vindo com tanta facilidade – como amigos e conhecidos, por exemplo.

Mulheres tagarelas como Queenie não conseguiam passar muito tempo sem pessoas à sua volta. No entanto, ela era do tipo que desgastava os amigos. Precisava de vários, pois assim conseguia massacrá-los alternadamente, pouco a pouco; desse modo, as escoriações que infligia tinham tempo para curar e serem esquecidas. Portanto, ela logo foi em busca de um novo círculo de amizades.

Para sua vizinha de porta, Florida Benquith,

Queenie enviou uma torta e sobras para o cachorro do casal. No dia seguinte, perguntou a Florida se ela teria três segundos livres para ajudá-la a fazer uma bainha com alfinetes.

Florida, que invejava o poder social que os Caskeys detinham na cidade, concordou em se tornar amiga de Queenie. Ela calculou que isso seria uma maneira de se aproximar dos Caskeys, se Queenie se mostrasse aceitável para Mary-Love e os demais, ou, pelo menos, um modo de incomodá-los, caso a moça acabasse sendo excluída.

Assim, Queenie ganhou um apoio e, então, se empenhou em ampliar seu círculo de contatos. Para começar, entrou para o grupo de bridge que se reunia toda terça à tarde.

Havia dois clubes de bridge em Perdido – sendo que o mais badalado se reunia às tardes de segunda-feira, enquanto o outro ocorria no dia seguinte. No segundo, o principal tema da conversa era o que tinha sido dito, as roupas e o menu do encontro do dia anterior.

O primeiro grupo girava em torno de Mary-Love; o segundo, em torno de Florida Benquith. Elinor Caskey, sem querer ter mais contato com a sogra, passara para o segundo grupo. Ela foi recebida com algum ressentimento; primeiro, pelo maior peso social que ostentava e, segundo, porque sua presença tinha sido imposta pelas circunstâncias. No entanto, foi por meio desses encontros vespertinos que Elinor e Queenie se conheceram.

Em meados de novembro, por puro acaso, os encontros de terça-feira foram realizados em semanas consecutivas primeiro na casa de Elinor, depois na casa de Queenie.

Embora acidental, essa troca de visitas assumiu a dimensão de uma aproximação pública, o que fez as duas passarem a ser consideradas amigas. Essa era uma interpretação errônea (e talvez ardilosa) das circunstâncias por parte de Florida Benquith e de seu círculo de amigas, mas que foi aceita – talvez porque nem Queenie nem Elinor tivessem se esforçado em negá-la.

De alguma forma, Mary-Love ficou sabendo disso – ou adivinhou, graças a alguma clarividência miraculosa – e se sentiu um tanto quanto incomodada. Não gostava de Queenie, nem como pessoa nem por ser irmã de Genevieve. Acima de tudo, não gostava de vê-la saltitante do lado das linhas inimigas. Começou a temer que Elinor e Queenie juntassem forças para lançar um ataque coordenado contra ela.

Consequentemente, algumas semanas depois,

no almoço após a igreja, Mary-Love falou para James:

— Está na hora de fazermos as pazes.

James ergueu os olhos do prato, surpreso.

— Nós estamos brigados, Mary-Love? Não sabia disso.

— *Nós* não estamos, James. Mas a maior parte da nossa família não se fala, caso não tenha percebido.

James, e todos os presentes à mesa, remexeram-se em suas cadeiras, incomodados.

— O Natal está chegando – continuou Mary-Love, como se não tivesse responsabilidade no que dizia respeito às divisões na família. – E seria bom que pudéssemos passá-lo todos juntos.

Ela fez uma pausa, talvez esperando que alguém corroborasse a proposta. Quando recebeu apenas silêncio, prosseguiu:

— Se não por nós mesmos, devemos fazê-lo pelas crianças. Temos Grace, é claro – falou Mary-Love, olhando para a sobrinha que estava do outro lado da mesa. – Mas agora também temos Miriam e Frances. Por Deus, elas são *irmãs* e mal têm a chance de olharem a cara uma da outra! E ainda há Malcolm e Lucille, que também deveriam vir...

— A senhora vai convidar Queenie Strickland! – exclamou Sister, estupefata.

James ficou boquiaberto.

– Vou convidar toda a *família* – respondeu Mary-Love.

Ela gostava de ver a comoção que tinha causado. O fato de ter conseguido surpreendê-los de forma tão efetiva era prova de que continuava a ter poder.

– Oscar e Elinor também? – perguntou James, balançando a cabeça com perplexidade.

– *Todos.*

– A senhora acha que virão? – questionou Sister. – Queenie virá, com certeza – prosseguiu ela, respondendo à própria pergunta –, trazendo aqueles dois diabinhos a tiracolo.

– Sister! – exclamou Mary-Love, repreendendo-a, pois nunca tinha ouvido a filha falar uma palavra sequer parecida com uma blasfêmia.

– É exatamente isso que são – continuou Sister. – Mas a senhora acha que consegue convencer Elinor a vir aqui, e trazer Frances com ela?

– Não vejo motivo para Elinor não vir – falou Mary-Love, tensa. – E menos ainda para ela não trazer a filha. Naturalmente, há outro motivo para termos uma festa no Natal.

– E qual seria ele? – perguntou James.

– Segundo Early, os planos do dique estarão

prontos na semana que vem. Acredito que deveríamos comemorar a conclusão dos trabalhos.

– Demorei muito mais do que tinha calculado – explicou Early, em tom de desculpas.

– Mas ele queria fazer bem feito. – Sister se apressou a dizer. – James, seu velho conselho fez um bom investimento ao contratar Early para o serviço. Quando ele estiver pronto para começar, aquele dique vai ser erguido em um instante!

– Bem – falou James, cauteloso –, fico muito feliz em saber. No entanto, acho melhor não dizer nada disso a Elinor. Não revele que ela estará vindo para uma festa comemorativa da construção do dique. Se fizer isso, garanto que ela não vai pôr os pés nesta casa.

– Tem razão, James. Talvez ela venha se você a convidar. Se disser que vou montar uma árvore grande, a maior que já tivemos, e que encheremos todo o salão de entrada com presentes para as crianças, talvez consiga convencê-la. Pode também explicar que o Natal é um momento em que a família deve estar reunida. Se lhe disser que Queenie também será convidada, acredito que fará uma grande diferença.

– Ela é amiga de Queenie agora? – perguntou Sister.

Mary-Love assentiu.

– É o que andam dizendo…

Sister meneou a cabeça, pensativa, compreendendo de repente os motivos de Mary-Love fazer aqueles convites.

Mais à tarde, James foi até a casa de Elinor e convidou tanto ela quanto Oscar para o Natal na casa de Mary-Love. Mencionou o convite a Queenie, mas não comentou nada sobre a presença de Early ou sobre o fato de ele estar quase concluindo os planos para o dique.

Elinor aceitou com serenidade o convite, limitando-se a responder que já havia planejado ir a Mobile para comprar presentes para todos. Por volta do mesmo horário, Sister foi à casa de Queenie, levando consigo uma travessa de doces, e fez o mesmo convite.

Queenie tentou desesperadamente encontrar uma maneira de consultar Elinor para saber se deveria ou não aceitar, mas era fundamental que respondesse de imediato. Não poderia dizer que tinha outro compromisso, pois Sister saberia que era mentira. Então, aceitou e pediu a Deus para não ter ofendido Elinor.

Naquela noite, Queenie foi até a casa de Elinor e confabulou com a nova amiga sobre a questão.

– Eu poderia dizer que precisava voltar a Nashville por algum motivo e ficar trancada em casa o dia inteiro – sugeriu Queenie com entusiasmo, confiante de que a ideia era tão ridícula que Elinor jamais a incentivaria a colocá-la em prática. Tinha sido apenas em simpatia a Elinor que Queenie declarara sua aversão a Mary-Love.

– Não – falou Elinor. – Oscar e eu vamos, e levaremos Frances. Não há motivo para que não vá também, Queenie.

– Fico feliz que diga isso – comentou Queenie. – Torna tudo muito mais fácil para todos.

– Eu *quero* ir – disse Elinor. – Faz tempo que não vou àquela casa, e acho que está na hora de ver o que a Sra. Mary-Love está tramando.

⌁

Na primeira metade de novembro, um projetista de Pensacola veio morar no Hotel Osceola, onde trabalhou dia e noite ao longo de três semanas, produzindo as plantas finalizadas, em papel heliográfico, dos planos de Early para o dique.

No dia em que terminou, Sister e Early levaram as plantas para casa e as espalharam sobre a cama de Sister, admirando-as. No dia seguinte, elas foram levadas ao cartório da prefeitura e fotografadas por segurança. Então, na terça-feira seguinte, Early as apresentou ao conselho municipal com as estimativas de custo revisadas e um cronograma para a conclusão das várias etapas da obra.

Para a satisfação do conselho, o custo seria mais baixo do que o previsto e, se tudo corresse bem, Perdido estaria protegida por um dique impenetrável e indestrutível no inverno de 1924.

Tom DeBordenave comunicou o que todos no conselho já sabiam: a assembleia legislativa do estado havia autorizado a emissão de uma letra de câmbio para a construção, sendo que a venda dos títulos ficaria a cargo do First National Bank de Mobile. Cada um dos proprietários de madeireiras já havia depositado 25 mil dólares no banco de Perdido, de modo que nada poderia impedir o início imediato das obras.

Por decisão unânime do conselho, Early Haskew foi nomeado engenheiro-chefe do projeto, recebendo instruções para ir a Pensacola e Mobile e de lá para Montgomery, de modo a começar a falar com empreiteiros e solicitar propostas fechadas. A assembleia foi encerrada com uma oração. Com a cabeça baixa, James Caskey pediu a Deus para não enviar mais enchentes até que Early concluísse seu trabalho.

Early partiu no mesmo instante em sua missão, e a saudade fez Sister sofrer. Porém, Mary-Love e ela estavam ocupadas com os preparativos para a festa de Natal. O evento tinha aumentado ainda mais a agitação habitual que antecedia o feriado.

Agora, havia mais idas e vindas entre as casas de Mary-Love e a nora. Elinor enviou um jarro de morangos em conserva; o favor foi retribuído na forma de um quilo de nozes descascadas; em troca disso, a outra casa recebeu um pão doce com frutas cristalizadas embebido em rum de antes da Lei Seca. Essas ofertas continuaram a ser trocadas entre as cozinhas de Ivey e Roxie, tornando-se mais e mais valiosas cada vez que atravessavam o quintal nos braços de Zaddie.

Mesmo assim, Mary-Love e Sister não viam mais Elinor do que nos meses anteriores. Na verdade, ela só foi vista pelas duas cerca de uma semana antes do Natal. Sister tinha ido até a casa de Elinor com uma caixa grande de roupas de bebê, contendo peças que já não serviam em Miriam, mas que Sister pensava que pudessem ser boas para Frances.

Elinor agradeceu a Sister pela consideração, pediu que entrasse, serviu-lhe chá russo, permitiu que segurasse Frances e a cobrisse de afagos e lhe deu uma braçada de presentes embrulhados para levar para casa e pôr debaixo da árvore.

Early havia calculado que passaria no máximo uma semana fora, mas enviou dois telegramas contando que tinha sido forçado a viajar mais longe do que julgara necessário.

– Duvido que consiga voltar a tempo do Natal – falou Mary-Love para Sister, que estava desapontada. – Por mim, não há problema. Significa que vai ser só a família.

Mesmo assim, na véspera de Natal, Sister ficou três horas sentada diante da janela do seu quarto, esperando que Early chegasse. Como o engenheiro não tinha automóvel, não havia muita esperança de que aparecesse dessa forma; tampouco havia outra maneira de se deslocar até ali da estação de trem em Atmore. Por fim, Mary-Love foi ao quarto de Sister e exigiu que ela fosse para cama. Sister preferiu fazer isso a admitir à mãe o motivo de sua ansiedade.

A princípio, tudo pareceu bem. As portas do salão tinham sido fechadas para evitar que as crianças o invadissem antes da hora. Após o café da manhã, que pareceu interminável para Grace, Malcolm e Lucille, as portas foram abertas e os presentes revelados em toda a glória dos seus embrulhos reluzentes.

Grace bateu palmas e fitou em êxtase cada uma das camadas de presentes embalados com requinte, que se estendiam da base da árvore até todo o salão estar quase repleto deles. Havia presentes debaixo das cadeiras, escondidos atrás das cortinas, pousados nos peitoris das janelas, empilhados na cornija da lareira e amontoados no sofá. Além disso, havia vários embrulhos grandes, não embalados, pelos cantos do salão: um cavalo de balanço para Lucille, uma bicicleta vermelha para Malcolm e uma casa de bonecas em forma de torre, completa com móveis, para a própria Grace.

Os Caskeys se sentaram onde conseguiram no salão abarrotado, e algumas cadeiras da sala de jantar foram trazidas até a porta de entrada aberta. Zaddie, Ivey e Roxie, que haviam trabalhado toda a manhã na cozinha, desocuparam a sala de jantar e se sentaram em um banco junto à janela, de onde conseguiam assistir aos procedimentos e receber os presentes escolhidos para elas.

Era função de Grace pegar cada presente, ler o cartão em anexo e entregá-lo. Malcolm exigiu que lhe permitissem ajudar, mas, como ainda não sabia ler, teve que se contentar em distribuir os presentes enquanto Grace chamava os nomes.

Como eram tantos para dar, esse era um processo

lento, que Grace estava inclinada a tornar ainda mais vagaroso, muitas vezes não seguindo para o próximo antes que o anterior tivesse sido aberto. Todos ganharam presentes de sobra, e logo o salão era um mar de papel, tecidos e fitas descartados, no meio do qual se erguiam ilhas bem ordenadas de prendas, cujos cartões eram preservados com cuidado. O ar estava repleto de exclamações de surpresa, gratidão e admiração. Grace nunca se sentira tão feliz na vida.

Os únicos presentes não distribuídos foram os destinados a Early Haskew. Esses, Grace simplesmente deixou de lado, sem nem mesmo chamar o nome dele.

A diversão continuou por mais de duas horas. No final, Roxie e Ivey voltaram à cozinha para começarem a preparar o almoço. De repente, o telefone tocou uma vez. Sister, que estava mais perto dele, foi atendê-lo. Ao ouvir a voz do outro lado da linha, ela se afastou imediatamente, levando o telefone para trás do vão da escada para sair de vista.

Era Early Haskew, que ligava da estação de trem em Atmore. Ele se desculpou por não ter conseguido chegar mais cedo, e lamentava incomodá-los na manhã de Natal, mas queria saber se poderiam mandar alguém para buscá-lo. Assim que desligou, Sister foi à cozinha, onde Bray estava sentado à mesa abrindo o primeiro dos quatro presentes postos debaixo da árvore para ele. Já estava vestido com seu melhor uniforme e, quando Sister pediu, ele foi imediatamente buscar o automóvel.

Sister não tocou no assunto quando voltou à sala de estar. Mary-Love estava tão envolvida na abertura dos presentes e com a alegria das crianças que se esqueceu de perguntar a Sister quem havia telefonado.

～

Early Haskew chegou em casa uma hora depois. Grace e Lucille se encontravam no salão da frente com os brinquedos e a árvore. Malcolm continuava do lado de fora, subindo e descendo a rua em sua bicicleta nova. As criadas preparavam o almoço na cozinha enquanto os Caskeys, com as duas bebês, encontravam-se sentados em volta da mesa de jantar.

Diante da visão inesperada de Early, Mary-Love soltou um gritinho de alegria e Queenie começou a falar mais rápido que uma locomotiva para ninguém em especial. Oscar e James se levantaram, soltando interjeições de surpresa e prazer, apertando a mão de Early com cordialidade e puxando uma cadeira para que se juntasse a eles. Sister e Elinor, que seguravam Miriam e Frances, ficaram caladas. Sister trazia um sorriso congelado, quase abobado, estampado no rosto. Elinor parecia incomodada e distraída.

Early estava muito feliz por estar de volta à casa de Mary-Love, que não fazia ideia do quanto ele sentira falta dali. Ele gritou para Ivey Sapp, que estava na cozinha, que ninguém em Mobile, Montgomery, Pensacola, Natchez ou Nova Orleans chegava perto de cozinhar como ela. E, sim, ele se lembrava da Sra. Strickland – Bray, aliás, quase atropelara o rapazinho dela, que andava em sua nova bicicleta vermelha na rua.

Early não sabia como conseguira se virar sem Sister durante tanto tempo. Ele sempre se pegava virando para comentar algo para ela e, puxa vida, ela não estava lá.

Falando mais baixo, perguntou à Sra. Elinor como estava, comentando que a filhinha dela era mesmo *linda*. Elinor o cumprimentou, meneando de leve a cabeça, mas não falou nada.

Depois que Early saudou todos os presentes, Oscar quis saber o que ele conseguira fazer. Por respeito à mulher, ele não concluiu a frase com "a respeito do dique", mas ficou claro, pela maneira como a boca de Elinor se retesou, que ela sabia muito bem o assunto.

– Bem – falou Early –, posso dizer que procurei por todo o lado, falei com duas mil pessoas, ou quase, e encontrei um homem em Natchez que está disposto a fazer uma proposta. Se eu fosse o conselho municipal, aceitaria a proposta dele, mesmo que não seja a mais baixa. Esse homem, Morris Avant, é que vai entregar o melhor trabalho para vocês. Quando se tem uma obra tão grande quanto esse dique, você vai querer...

Quando viu Oscar se encolher diante do que ele dizia, Early parou de falar. Oscar se virou para fitar a esposa, que estava sentada à outra ponta da mesa. Todos fizeram o mesmo. Elinor tinha a cabeça baixa, pois abotoava a blusinha de Frances. Se a expressão em seu rosto era reveladora, ninguém conseguia vê-la para interpretá-la.

– ... uma obra tão grande quanto esse dique – prosseguiu Early com cautela –, você vai querer que ela seja bem-feita.

– Vou subir com Frances para ela tirar um cochilo – falou Elinor de repente. – Ela está caindo de sono. Sra. Mary-Love, onde posso colocá-la?

– Deite-a na cama de Miriam, Elinor. Espere, vou subir com você.

– Ah, não, fique aqui embaixo. Eu volto em um instante.

Elinor se levantou e saiu andando em silêncio da sala de jantar, pegando o corredor e subindo as escadas até o segundo andar.

Todos à mesa sabiam que Elinor tinha se retirado por causa do assunto da construção do dique. O mais curioso, no entanto, era que ela apenas levara Frances para o andar de cima. Não saíra da residência nem dissera algo como "Eu me recuso a ficar no mesmo espaço que aquele homem", como se esperava.

Havia escondido sua raiva por trás de uma máscara de indiferença cortês. Mary-Love e Sister respiraram fundo juntas, soltando o ar devagar.

– Quando você acha que já viu de tudo... – falou Sister em voz baixa.

– Achei que seria nosso fim – disse Mary-Love.

Pela primeira vez na vida, Queenie ficou calada, sem se mexer, como se assistisse a uma batalha de um lugar protegido, ansiosa por saber qual exército venceria, a qual general deveria em breve jurar lealdade.

Elinor só reapareceu uma hora depois e, durante esse tempo, Early contou tudo sobre a viagem. Enquanto isso, Roxie começou a pôr a mesa para o almoço. Quando Early terminou seu relato, já era hora de chamar as crianças.

Miriam já havia sido alimentada, de modo que Mary-Love a levou para cima, colocando-a em uma pequena fortaleza de travesseiros na cama de Sister. Mary-Love bateu à porta do quarto de Miriam e abriu a porta devagar para informar que o almoço estava pronto. Encontrou Elinor sentada em uma cadeira diante da janela, observando as águas lamacentas do rio Perdido.

Elinor respondeu que havia começado a pensar em sua família, de onde tinha vindo, e perdera a noção da hora. Enquanto saía, Mary-Love olhou para dentro do berço e exclamou:

– Frances é a bebê mais linda que eu já vi… Com exceção de Miriam, é claro!

⁓

O almoço de Natal foi mais formal do que o café da manhã. As crianças menores dormiam no andar de cima, enquanto as outras três haviam sido banidas para uma pequena mesa vermelha quadrada montada na cozinha, onde cada qual sentiu de forma incisiva a humilhação de ter idades tão tenras.

Assim, os adultos ficaram com a sala de jantar só para eles e, quando começaram a zanzar em volta da mesa sem saberem onde sentar, Mary-Love indicou a todos seus respectivos lugares – tomando o cuidado de deixar Early e Elinor separados. Depois de tramar a afronta de reuni-los ali, ela podia se dar ao luxo de ser caridosa nesse pequeno detalhe.

Depois de darem as graças – que foram recitadas por James, sentado entre Elinor e Queenie –, Sister se voltou para Early e perguntou:

– Então, até onde compete a você, está tudo praticamente decidido?

– Bem, sim – respondeu Early. – Por que quer saber?

– Por que tenho uma coisa para dizer – falou Sister.

Mas, neste exato momento, Ivey e Roxie trouxeram um peru, metade do qual já havia sido destrinchado na cozinha, um faisão caçado por Oscar em um terreno dos Caskeys no condado de Monroe, um prato de tainha frita, um presunto pequeno, uma caçarola de batata-doce, tigelas de ervilhas, creme de milho, recheio, feijão-fradinho, pernil, quiabo cozido, picles, um prato de pão doce, uma travessa de biscoitos, manteiga fria em uma manteigueira com o desenho de uma árvore de Natal em cima e uma jarra de chá gelado. James recebeu o presunto para cortar, enquanto Oscar se ocupava do faisão.

Com a chegada da comida, ninguém se mostrou muito curioso em saber o que Sister tinha a dizer. De todo modo, ela já estava habituada a que atribuíssem pouco valor às suas preocupações. Após alguns minutos, todos encheram seus pratos, as bandejas foram retiradas e Zaddie levou os biscoitos embora – substituindo os pães frios por outros quentes.

Só nesse momento Mary-Love se prontificou a perguntar:

– O que quer tanto dizer, Sister? Nunca vi uma mulher adulta se remexer tanto!

– Todos já se serviram? – perguntou Sister, sarcástica.

– Sim – respondeu Mary-Love, que aparentava não ter notado o tom de voz da filha. – Será que pode falar de uma vez?

– Bem – falou Sister, correndo os olhos pela mesa e ignorando o fato de que todas as cabeças estavam voltadas para os pratos, sem que ninguém se desse ao trabalho de olhar para ela –, agora que está tudo definido em relação ao dique, até onde compete a Early, ele e eu vamos nos casar.

Todos levantaram a cabeça. Todos baixaram seus garfos e fitaram Sister. Em seguida se viraram e olharam para Early. Todos, na verdade, pareciam suspeitar que Sister tivesse inventado aquilo e que no fim das contas Early estaria tão surpreso quanto eles.

Mas Early estava sorrindo, e disse em alto e bom som:

– Sister nem se importa que eu ronque *tanto*!

Mary-Love afastou o prato, dizendo com a maior rispidez:

– Sister, eu *bem* queria que Oscar e você não me contassem esse tipo de coisa durante o almoço. Acaba com meu apetite e eu não consigo recuperá--lo por nada deste mundo. Roxie! – chamou ela. A cozinheira apareceu diante da porta. – Roxie, tire meu prato. Não vou conseguir comer nem mais uma garfada.

Roxie veio e tirou o prato.

– Early, é verdade que você vai se casar com a minha garotinha? – perguntou Mary-Love.

– Sim, senhora – confirmou Early, orgulhoso.

– Não acredito. Foi ela quem fez o pedido? Ou você?

– Eu fiz o pedido. Ela...

A essa altura, as outras pessoas sentadas à mesa já haviam recuperado a compostura, de modo que a resposta de Early a Mary-Love se perdeu em meio a uma enxurrada de felicitações.

James falou por todos quando comentou, sem nenhuma maldade:

– Sister, nunca pensei que veria esse dia!

– Quando vai ser? – perguntou Mary-Love de repente.

Early ergueu as sobrancelhas. Ele não fazia ideia. Virou-se para Sister.

– Na quinta-feira que vem, dia 3 de janeiro – respondeu Sister.

– Não pode fazer isso, Sister! – exclamou Mary-Love. – Você precisa adiar a cerimônia! Antes tem que…

– Na quinta-feira que vem! – repetiu Sister, falando tão alto quanto falaria o seu noivo. Ela então se voltou para a mãe, abrindo seu sorriso insosso, e disse: – Mamãe, a senhora enganou o Oscar para que postergasse o casamento, e isso só acabou causando problemas a ele. Não vai ter nada a dizer sobre o assunto desta vez.

– Que *vergonha* – falou Mary-Love com veemência – que as pessoas tenham vindo sentar à minha mesa para ouvir minha filha falar com a mãe desse jeito.

– Pois elas podem ir embora, se quiserem – disse Sister, indiferente. – Ou a senhora pode ir. Ou posso levar Early comigo. Ou podemos todos con-

163

tinuar aqui e acabar de almoçar. Feliz Natal para todos.

As pessoas reunidas à mesa nunca tinham visto Sister tão firme. Olharam para ela e para Early, perguntando-se se o engenheiro sabia que tipo de negócio havia feito.

Sister chamou Roxie e mandou que trouxesse o prato de Mary-Love de volta.

– Mamãe – disse Sister em tom grave –, este é um dia feliz para mim e a senhora não vai estragá-lo mandando seu prato de volta para a cozinha. Vai ficar sentada em seu lugar e vai ficar feliz por mim, entendido?

Mary-Love passou a meia hora seguinte resignada, roendo uma asa de faisão. Enquanto isso, Sister fez um breve relato de como tinha sido cortejada por Early, comentando que tudo fora decidido entre os dois mais de um mês atrás. Estavam apenas esperando a conclusão dos planos do dique para enfim anunciar adequadamente aquele noivado.

Mary-Love não disse mais nenhuma palavra, mas olhou algumas vezes para Elinor, que sempre interceptava esses olhares, devolvendo um pequeno sorriso presunçoso. Mary-Love tinha sido derrotada por Early Haskew, a arma que tentara usar contra Elinor. E foi ela quem fez a pergunta que Mary-Love não ousou fazer.

– Sister, onde vai morar depois que você e o Sr. Haskew se casarem? Vocês vão continuar aqui ou pretendem fazer as malas, ir embora e deixar a Sra. Mary-Love?

CAPÍTULO 10
A espiã

Sister não aceitaria adiamentos e não se deixaria persuadir. Mary-Love implorou que ela permitisse um casamento respeitável para pelo menos *um* de seus filhos, mas Sister disse com rispidez:

– Vai levar mais de um mês para organizar?

– Qualquer coisa minimamente respeitável vai levar no mínimo três meses, Sister, você sabe disso! Nós teríamos que…

– Então Early e eu vamos no casar na semana que vem.

Mary-Love estava disposta a lutar, mas Sister deixou claro que não entraria nessa briga. Ela pretendia se casar com Early Haskew. A objeção da mãe sobre qualquer parte daquele processo só serviria para afastá-la.

Mary-Love estava desnorteada. Ela havia planejado que o Natal fosse o primeiro passo de uma grande campanha contra Elinor e a aliada da nora, Queenie. Em vez disso, viu-se atacada por um exército que ela nem sequer sabia estar no campo de batalha. Pega de surpresa, não pôde fazer nada além de aceitar uma derrota estratégica. Seu único consolo era que a família passaria a contar com um soldado, Early Haskew, que era hostil à inimiga dela.

～

A cerimônia foi realizada no salão de entrada de Mary-Love, em cujo carpete ainda havia galhinhos da árvore de Natal. O pastor metodista conduziu a cerimônia, enquanto Grace foi a dama de honra. Sister cogitou pedir a Elinor que fosse sua madrinha, mas, sabendo o quanto a outra desprezava seu noivo (ou pelo menos o propósito dele na cidade), decidiu não se arriscar ao constrangimento de uma recusa.

Como presente de casamento, James e Mary-Love compraram um automóvel para Early – exatamente o modelo que James o ouvira admirar na rua certo dia. Logo depois da cerimônia, nesse automóvel novo, Sister e Early seguiram para Charleston, na Carolina do Sul, uma cidade que Sister nunca havia visitado, mas que sempre quisera conhecer.

Depois que partiram, Mary-Love suspirou o mais fundo que pôde, sentou-se a um canto da mesa da sala de jantar e inclinou a cabeça até descansá-la sobre a palma da mão.

– Qual é o problema, Mary-Love? – perguntou Queenie, que tivera a permissão de James para comprar um vestido verde-marinho para a cerimônia na loja de Berta Hamilton. – Não sabe que arranjou um dos melhores genros em todo o estado do Alabama ao sul de Montgomery?

– Não sei, Queenie – respondeu Mary-Love, suspirando audivelmente, como se pretendesse que aqueles ainda no salão ouvissem suas palavras. – O que não entendo é por que meus filhos me tratam dessa forma.

– Seus filhos são *ótimos*. Eles morrem de amores pela senhora.

– Bem, é assim que me sinto a respeito *deles*. Mas eles não gostam de mim.

– É claro que gostamos, mamãe – disse Oscar, que tinha ouvido a mãe e teve que se intrometer para anunciar que seu afeto continuava imutável.

– Se gostasse de mim de verdade – falou Mary-Love, ainda em voz alta, pois Elinor e James continuavam no aposento ao lado –, você teria se casado na sala de estar do James enquanto eu fazia compras em Mobile? Elinor teria se apresentado diante de uma pastora usando um vestido alinhavado com pontos provisórios? Vocês teriam saído em lua de mel antes de eu ter a chance de lhes dar um beijo e dizer o quanto estava feliz?

Mary-Love havia erguido a cabeça novamente e agora falava aquelas palavras com furor.

– Se Sister me amasse, teria ficado noiva e mantido isso em segredo até poder me pegar de surpresa durante o almoço de Natal? Teria se casado uma semana depois, quando poderia muito bem ter esperado alguns meses para me deixar feliz? Teria convidado apenas a família quando poderíamos ter mandado convites e chamado trezentas pessoas que viriam de carro de Montgomery e de trem de Mobile para *encher* a igreja?

– Mamãe, a senhora não queria que Elinor e eu nos casássemos de forma alguma – disse Oscar, inabalado tanto pela reprovação amorosa das palavras dela quanto pelo tom furioso de censura em sua voz. – Ficou adiando, adiando, até que fomos *obrigados* a nos casar pelas suas costas. Era nisso que Sister estava pensando. Não queria que fizesse o mesmo com ela, isso é tudo. Ela achou que a senhora tinha motivos ocultos para querer um casamento na igreja daqui a três meses.

Mary-Love tornou a suspirar e disse:

– Vá embora, Oscar. Você não me ama.

– Amo, sim, mamãe – falou Oscar em tom suave, retirando-se em seguida.

Sister não chegou a dizer onde Early e ela pretendiam viver quando voltassem da lua de mel. Mary-Love estava angustiada para saber, mas não ousara perguntar à filha. A simples pergunta teria dado a Sister uma vantagem enorme em qualquer negociação subsequente sobre o assunto.

Mary-Love não era uma tola. Tinha perfeita noção de que, apesar de toda a rebeldia (exibida principalmente na forma de seus respectivos casamentos), Oscar e Sister a amavam. A arrogância deles era uma tática que haviam aprendido com a própria Mary-Love.

Por ser homem, Oscar a aprendera de forma imperfeita, precisando de Elinor para incitá-lo. Sister, no entanto, havia decorado todas as lições e arrastado Early para o altar, quer fosse a vontade dele ou não. Embora jamais fosse admitir, Mary-Love na verdade estava orgulhosa da filha por ter feito o que fez. Por meio do seu casamento repentino, Sister tinha se tornado uma adulta aos olhos da mãe; agora, as duas estavam em pé de igualdade. Mais do que nunca, Mary-Love temia perdê-la e ficar sozinha naquela casa. Chegara até a dizer a si mesma que sentiria falta da voz alta e dos roncos terríveis de Early Haskew.

E havia também Miriam para levar em consideração. Aquela criança pertencia igualmente a Mary-Love e Sister. Era inconcebível que a filha tentasse tirá-la dela, e difícil imaginar que poderia cuidar da criança sozinha. A única solução era que Sister e Early continuassem a morar na casa.

Assim, enquanto Sister e Early estavam em lua de mel, Mary-Love foi de carro até Mobile e escolheu o jogo mais caro de móveis de quarto de casal que conseguiu encontrar. Retirou a mobília de Sister do quarto da frente e repintou as paredes. Instalou um carpete novo e, em seguida, mobiliou o cômodo com o conjunto novo e enorme. Chegou até a bater à porta de Elinor para perguntar se estaria disposta a fazer um novo jogo de cortinas para quando Sister voltasse.

Para a surpresa considerável de Mary-Love, Elinor concordou de imediato. Inclusive se ofereceu para comprar o tecido, mas a sogra já havia tratado disso.

As cortinas foram costuradas naquela noite e penduradas no dia seguinte.

Mary-Love agradeceu a Elinor e aceitou quando foi convidada pela nora a jantar com Oscar e ela. Pela primeira vez, Mary-Love fez uma refeição na casa que havia construído para o filho. Miriam, já com quase 2 anos, foi colocada em uma cadeira de bebê alta trazida mais cedo por Zaddie. A menina passou todo o jantar olhando para mãe biológica com uma mistura de curiosidade e desconfiança.

∽

Alguns dias depois, Sister e Early voltaram. Ela cumprimentou Mary-Love com um beijo e, antes de sequer tirar o chapéu, exclamou:

– Mamãe, sinto cheiro de móveis novos! A senhora foi a Mobile outra vez?

Então, Mary-Love levou a filha até o andar de cima e lhe mostrou o que tinha feito na ausência dela.

Early, que era um homem simples, lembrou que Sister dissera que pouca coisa lhe daria tanto prazer quanto deixar a mãe sozinha. Portanto, ele supôs que encontrariam outro lugar para viver quando voltassem da lua de mel. Aquele quarto recém-mobiliado o intrigava, bem como a expressão no rosto de Sister.

– É lindo, não é, Early? – indagou Sister.

Ele assentiu, perguntando:

– É aqui que vamos morar?

Sister olhou para a mãe.

– Por enquanto. Mamãe, ficou muito bonito, a senhora teve tanto trabalho...

Agora, Mary-Love sabia várias coisas. Uma delas era que, apesar daquele "por enquanto", Sister não tinha intenção de ir embora. A impressão que dera de abandonar a mãe não passara de um blefe. Nessa atitude, Mary-Love acreditava conseguir ver bastante de si mesma. Sister sabia o que estava fazendo, e foi falando de igual para igual que Mary-Love respondeu:

– É claro que tive algum trabalho, Sister! Eu tinha que fazer *alguma coisa* para manter você comigo! O que iria fazer se você e Early quisessem procurar outro lugar para viver? O que faríamos com a pobre da Miriam? Cortá-la em dois com uma espada? Devolvê-la para Elinor?

– Eu não poderia deixar Miriam! Mas, mamãe, não se habitue demais à nossa companhia – alertou Sister, sem querer abdicar da vantagem que tinha conquistado. – Nunca se sabe quando Early e eu vamos decidir fazer as malas!

– Ah, você não faria isso com sua pobre e velha

mãezinha – falou Mary-Love com brandura, deixando-os desfazer as malas.

Vários dos empreiteiros com os quais Early havia falado no mês anterior tinham enviado propostas fechadas para a construção do dique, e o preferido de Early para o trabalho, Morris Avant, era a segunda mais barata. Por recomendação de Early, Avant ficou com a primeira parte do contrato.

No entanto, muito ainda precisava ser feito antes que o trabalho no dique pudesse de fato começar. A obra exigiria uma mão de obra de algo entre 150 e 200 homens. Parte dela poderia ser não qualificada, proveniente da massa desempregada da Baixada dos Batistas, mas a maioria teria que vir de outros lugares.

Quando a estação de bombeamento de água fora construída, após a enchente em 1919, 25 trabalhadores tinham sido trazidos. O capataz ficara no Hotel Osceola, enquanto os trabalhadores sub-remunerados haviam acampado no palco do auditório, comendo na cozinha da escola nos dias de semana e na Igreja Metodista aos sábados e domingos. Essa solução não bastaria nem seria apropriada para o que seria quase um exército de homens.

Houve quem sugerisse que os homens fossem abrigados nas escolas, mas ninguém poderia levar a sério a hipótese de parar as escolas por dois anos. Assim, em um descampado logo ao sul da Baixada dos Batistas, os irmãos Hines se puseram a construir dois grandes edifícios para acomodar os trabalhadores: um serviria de dormitório, enquanto o outro teria uma cozinha e um refeitório.

Os cidadãos de Perdido começaram a perceber o quanto as barragens alterariam a cidade. A curto prazo, isso significaria a chegada de trabalhadores e o gasto de dinheiro, o que já era ruim o suficiente. Mas agora eles já começavam a pensar em como seria estar cercados por paredões de terra pelo resto das vidas. Olhar pelas janelas e ver não o fluxo dos rios, mas apenas paredes de barro vermelho mais altas do que suas casas, amplas, impassíveis e feias. Alguns se lembraram de como Elinor Caskey havia se oposto às barragens, dizendo algo parecido, e como se posicionara contra o projeto mesmo que o próprio marido fosse um dos principais incentivadores da empreitada.

As pessoas começaram a pedir a opinião de Elinor sobre os planos que haviam sido traçados e sobre os preparativos em curso.

– Eu disse a todos o que achava. E continuo a achar o mesmo. Quando as barragens forem concluídas, se *um dia* forem concluídas, será como viver dentro de uma jazida de argila. Barragens podem ruir e podem ser levadas pelas águas. Barragens podem ter buracos e podem rachar no meio. Não há nada capaz de impedir o fluxo de um rio que tenha decidido seguir em direção ao mar, e não há nada capaz de impedir a água de subir se ela quiser transbordar do topo de um monte de barro.

Nos últimos dias, Elinor não estava para conversas. Havia algo de volátil em seu temperamento, em sua postura e em suas opiniões. Não voltou a convidar Mary-Love para jantar em sua casa e, embora tivesse feito as cortinas para o quarto de casal de Sister e Early, nunca chegara a lhes dar as boas--vindas após a lua de mel.

Um dia, enquanto Mary-Love visitava Creola Sapp, que havia ficado doente por conta de um resfriado, notou que a filha mais nova dela engatinhava usando um vestido que ela, Mary-Love, tinha feito para Miriam no ano anterior. Aquela tinha sido uma das várias peças de roupa de bebê que ela dera a Elinor para que Frances pudesse usar, e que Elinor aceitara com aparente gratidão.

– Ah, sim, senhora – falou Creola quando questionada. – A Sra. Elinor foi muito boa comigo. Trouxe uma caixa inteira de coisas para a Luvadia. São as coisas mais lindas que eu já vi!

– E são mesmo, Creola. São mesmo! – balbuciou Mary-Love, furiosa por Elinor ter dado todos aqueles artigos refinados para Creola Sapp.

Ela ficou ainda mais irritada com a atitude de Elinor por tê-la descoberto por mero acaso, ou seja, não tinha sido apenas para causar uma reação. Para Mary-Love, o fato de Elinor fazer algo que não fosse apenas para desagradá-la demonstrava seu caráter perverso. Mary-Love chegou a ficar sem fôlego.

Ela voltou às pressas para casa e subiu ao andar de cima para falar com Sister, que estava no quarto de bebê com Miriam. Mary-Love se mostrou indignada diante da ideia de que aquelas roupas refinadas tivessem ido direto de sua preciosa Miriam, *que, com 2 anos, chorava se não tivesse um pequeno bracelete de diamantes preso em volta do pulso*, para Luvadia Sapp, *um pedaço gordo de isca de jacaré que rastejava nas tábuas cheias de farpas de um barraco caindo aos pedaços no meio do pinheiral.*

– Não entendo por que Elinor faria uma coisa dessas! – exclamou Mary-Love, embora tivesse incluído em sua frustração a incapacidade de entender *qualquer coisa* que a nora fizesse.

Os dentes de Sister trincaram.

– Mamãe, Elinor está irada.

– O que eu fiz agora?

– Elinor não está irada por sua causa, mamãe. Ela está irada porque começaram a trabalhar no dique. E ela odeia aquele dique tanto quanto a senhora odeia o inferno e os republicanos.

Mary-Love olhou primeiro para Sister, depois pela janela em direção à casa de Elinor, como se aquela fachada, talvez em sua configuração de cortinas abertas e fechadas, pudesse lhe dar alguma confirmação da tese de Sister. Então, direcionou os olhos para Miriam, que andava concentrada pelo tapete com seus passos de bebê.

– Sister, acho que você tem mesmo razão.

⁓

Frances pegou um resfriado no final de fevereiro, do tipo que Roxie comentou que qualquer criança pegaria naquela época do ano. O Dr. Benquith veio examinar a criança e concordou com Roxie. Apesar dessas tranquilizações, Elinor insistia que a criança corria risco de vida. Por ora, ela iria dormir no quarto da bebê caso a criança tivesse dificuldade em respirar. Oscar, que não conseguia se forçar a discutir quando o assunto era o bem-estar da filha, concordou. Assim, uma cama foi montada no quarto de Frances e Elinor abandonou a cama do marido.

Frances logo se recuperou do resfriado, mas Elinor continuou com ela dia e noite. Na casa ao lado, Mary-Love e Sister especulavam que Elinor permanecia tão colada à filha não para proteger ou confortar Frances, mas para que ninguém pudesse perceber que a criança estava plenamente recuperada. Seja como for, a doença de Frances continuava, quer fosse inventada ou real, e mantinha Elinor dentro de casa. As únicas incursões dela na sociedade de Perdido eram as partidas de bridge de terça-feira, que insistia que fossem realizadas na casa dela enquanto a criança continuasse em perigo.

Ninguém via tanto Elinor quanto Queenie Strickland, que acreditava na doença de Frances – principalmente porque parecia ser a coisa mais política a fazer. Ela muitas vezes passava a Elinor artigos de revista que davam instruções precisas de cuidados com crianças doentes. Comprava pequenas garrafas de preparados milagrosos nas farmácias, amarrava fitas cor-de-rosa nelas e as balançava como pêndulos diante do rosto de Frances. Todos os dias, vinha perguntar como estava a criança e relatava o progresso do dique.

Elinor aceitava receber esse tipo de notícias somente de Queenie. Enquanto as duas ficavam sentadas no banco suspenso da varanda do segundo andar, Elinor olhava pelas telas para o rio Perdido e escutava com os lábios franzidos enquanto Queenie relatava:

– Ontem à tarde, Sister estava na Baixada dos Batistas e contratou três mulheres para trabalharem na cozinha. Elas vão receber 2 dólares por dia e não farão outra coisa da vida que não seja cozinhar para 75 homens. Quem dera alguém *me* pagasse assim para cozinhar para Malcolm e Lucille! Então, lá na fábrica, eles derrubaram aqueles armazéns pequenos que ficam bem à beira do rio e outros homens já estavam lá levantando-os de volta, só que agora uns 10 metros mais recuados. Estão pondo janelas neles também, já que aqueles prédios são tão quentes no verão que os homens mal aguentam ficar lá dentro. E o Sr. Avant e Early foram até a propriedade do Sr. Madsen, onde Mary-Love compra batatas, e disseram que lhe pagariam 2 dólares para cada caminhão de terra que fosse retirado de trás da casa dele. É que ele tem um monte de terra atrás de casa. Dizem que era um cemitério indígena e que provavelmente ainda há alguns velhos ossos lá no fundo. O Sr. Madsen disse que, se encontrarem ossos, eles vão ter que levá-los dali com todo o resto. Ele falou que já estava planejando limpar aquele terreno e plantar batatas ali atrás de qualquer maneira, mas que aceitaria os 2 dólares que estavam oferecendo. Não era nada orgulhoso…

Queenie entendeu que era sua obrigação descobrir tudo o que fosse possível sobre a construção do dique e relatá-lo a Elinor. Era como se Elinor fosse uma soberana orgulhosa, enquanto os construtores do dique de Perdido fossem seus súditos, que erguiam barricadas de terra e fomentavam uma rebelião. Nesse cenário, Queenie era a espiã leal que relatava todos os movimentos da plebe para que a monarca soubesse de tudo. Ainda assim, mantinha a aparência de estar acima dessas considerações triviais.

Os irmãos Hines continuavam a trabalhar no dormitório e no refeitório para os operários que viriam. Early e Sister circulavam pela Baixada dos Batistas, batendo às portas em busca de pessoas que precisassem de emprego. Todas as quintas-feiras, o *Standard* de Perdido estava repleto de artigos que detalhavam os preparativos para a construção do dique, sempre incluindo ao menos uma foto de Early Haskew.

No geral, a cidade estava tão tensa quanto uma mola comprimida, à espera de ver o primeiro caminhão de terra ser despejado às margens do rio

Perdido. Enquanto esses acontecimentos transcorriam com uma velocidade e comoção cada vez maiores, Elinor saía cada vez menos de casa, nunca tendo sido vista perto da construção.

CAPÍTULO 11

O visitante de Queenie

O trabalho no dique começou à margem do rio Perdido, que ficava junto à Baixada dos Batistas, ao sul da confluência. Early contratou homens de Pensacola, Mobile, Montgomery e até de tão longe quanto Tallahassee, que deveriam vir e morar durante um ano no dormitório.

Jazidas nos três condados foram ampliadas à medida que pedra e terra eram extraídas e carregadas em caminhões ou carroças puxadas por mulas. Todas as manhãs, esses veículos entravam na cidade através das três estradas que davam a Perdido acesso ao resto do mundo civilizado. Algumas pequenas casas foram demolidas na Baixada dos Batistas e os primeiros carregamentos de terra solta despejados ali, para ser compactada e moldada por um exército de homens negros com pás novas em folha. A primeira parede de barro não parecia mais do que um infantil castelo de lama aumentado até um tamanho enorme e ridículo, de modo que todos se perguntaram *como* uma represa de aparência tão frágil poderia suportar o rio se ele decidisse subir.

Todos os dias, a população negra local se reunia e ficava observando durante horas, sem nunca perder o interesse, os mesmos atos e movimentos serem executados: uma carroça estacionava, terra e barro eram descarregados; terra e barro eram içados até o topo do monte conforme as instruções de um supervisor; terra e barro eram socados e fixados ali. Do outro lado do rio, no descampado atrás da prefeitura, um número equivalente de brancos desocupados se reunia e observava a cena com as mesmas caras de bobos. Os dois grupos de espectadores diziam que era um trabalho tão lento e colossal que seria impossível concluí-lo enquanto seus filhos ainda fossem vivos. Talvez Early Haskew tivesse apenas grande confiança em si mesmo, e nada mais. Não era melhor pararem com aquilo de uma vez?

Cerca de um mês depois, um dos que ficavam parados com cara de bobo atrás da prefeitura, olhando de manhã cedo para o outro lado do rio Perdido, pareceu ver o dique com outros olhos. Antes, o monte de terra na margem da Baixada dos Batistas parecia grosseiro e amorfo, mas hoje, sob o ar matinal, sem que tivesse havido grande mudança desde a manhã anterior, parecia um vislumbre exuberante do que toda aquela barreira protetora viria a ser.

Perplexo diante daquela extrapolação visionária e repentina, esse homem explicou o que via para o observador ao lado. O segundo homem ficou ainda mais perplexo, pois via a mesma coisa, sendo que tinha sido um dos detratores mais clamorosos do dique. A palavra, ou melhor, a visão se espalhou, de homem a homem e de mulher a mulher, por toda a cidade de Perdido. Todos foram à Baixada dos Batistas para ver a coisa de perto, chegando até a aplaudir Early Haskew quando chegou em seu automóvel. De repente, o dique se tornou algo extraordinário em Perdido.

Essa barreira espantosa tinha 7,5 metros de largura na base, aproximadamente 6,5 metros de altura, dependendo da parte da cidade, e cerca de 3,5 metros de profundidade no topo. A cada vez que algo em torno de 15 metros do dique era concluído, uma camada de solo arável era adicionada ao topo e às laterais, sendo plantada imediatamente.

As mulheres negras da comunidade iam às florestas colher lírios, pequenos cornisos, azevinhos e rosas silvestres, que também eram plantados nas paredes de barro vermelho. Para aumentar a proteção contra a erosão, Early mandou que fossem plantados rebentos de kudzu na base do dique em ambos os lados, em grandes sulcos repletos de estrume de vaca pulverizado. Haviam-lhe garantido que nenhuma quantidade de fertilizante seria capaz de queimar as raízes daquela trepadeira agressiva.

Early e Morris Avant se reuniam todos os dias. Morris ressaltou que a velocidade com que a represa poderia ser erguida estava diretamente relacionada ao número de homens que estivessem trabalhando nela. Early fez mais alguns cálculos e teve mais algumas conversas com Morris Avant e o capataz dele, então voltou ao conselho municipal e perguntou se não poderiam autorizar mais dinheiro para a construção de outro dormitório para abrigar mais trabalhadores. O custo seria compensado pela poupança nas despesas gerais, uma vez que o projeto seria concluído mais rapidamente. Como resposta, pediram que Early fizesse como achasse melhor, de modo que os irmãos Hines começaram as obras no dia seguinte.

Early não precisou se preocupar em arranjar trabalhadores para preencher aquele dormitório, pois já se sabia em todo o sul do Alabama, do Mississippi e ao longo do noroeste da Flórida que em Perdido havia trabalho pago, com alojamento e alimentação.

Assim, quando os irmãos Hines concluíram o segundo dormitório e mais duas mulheres negras foram contratadas para ajudar nas cozinhas, cada um dos homens que vieram buscar trabalho no dique foi acomodado. Eles vinham de Deus sabe onde, surgindo de repente da floresta e chegando à cidade na caçamba de uma carroça ou simplesmente a pé pela estrada desde Atmore. Todos eram conhecidos por apelidos, e nenhum deles parecia possuir uma história imaculada.

Esses homens trabalhavam tão arduamente o dia inteiro que era incrível que tivessem energia, depois que o sol se punha, para se sentar diante de suas refeições na cozinha do dormitório. Mas os homens comiam com voracidade, como se não conhecessem a palavra "fadiga". À noite, mais ainda do que durante o dia, Perdido parecia invadida por esses homens. As pessoas agora trancavam as portas de casa. Os homens do dique eram desordeiros e consumiam grandes quantidades da bebida produzida no Little Turkey Creek.

Duas mulheres indígenas traziam dez galões de bebida todos os dias em uma mula de costas arriadas. Vendiam a bebida todas as manhãs antes da escola e deixavam os recebimentos aos cuidados do professor até o fim das aulas.

Lummie Purifoy abriu uma casa de apostas na Baixada dos Batistas. A filha de 10 anos dele, chamada Ruel, passava as noites servindo canecas de latão cheias de pinga. Duas mulheres brancas, dizia-se à boca miúda, tinham sido trazidas de Pensacola por um negro de paletó amarelo. Eram mulheres brancas pouco refinadas, e inclusive alugaram uma casa na Baixada dos Batistas. Pelo que se dizia, aquela casa nunca estava fechada para um homem que batesse à porta com uma moeda de dólar na mão.

Os três policiais de Perdido tentavam se manter longe daquela zona habitada pelos homens do dique à noite. Mesmo com suas pistolas, eles não eram páreo para 175 bêbados fortes e brigões. Por sorte, depois que anoitecia, esses homens costumavam cuidar da própria vida. Vez por outra, era possível ver três ou quatro deles cambaleando pela Palafox Street, recostando-se às vitrines das lojas com os olhos ébrios fechados. De vez em quando, causavam transtorno no Ritz, fazendo barulhos inconvenientes e comentários obscenos durante o filme. Muito raramente, um homem negro precisava barricar sua porta e implorar que não maculassem a pureza de sua filha, enquanto a menina fugia pelos fundos.

Contudo, os trabalhadores brancos – por mais imprestáveis, desagradáveis e perigosos que fossem – eram um mal necessário. Dali a cerca de um ano, eles iriam embora. Mas o dique que construiriam protegeria Perdido por uma eternidade.

⁓

Era o verão de 1923, e toda a cidade parecia empesteada pelo suor dos homens do dique. A construção na margem leste do rio Perdido tinha sido concluída. Dois lances de degraus de concreto haviam sido erguidos nas laterais e um caminho fora aberto na terra ao longo do topo. Aquele era o trajeto preferido da população negra após o culto de domingo, e as crianças negras brincavam ali o dia inteiro. Das janelas da prefeitura, o dique era uma muralha escarlate, que ficava reluzente depois da chuva e dominava a paisagem.

As obras haviam começado logo atrás da prefeitura, e em pouco tempo pareceria que, depois da confluência, o Perdido fluía docilmente por um canal vermelho profundo. O rio já parecia ter perdido muito de sua agressividade e orgulho.

Sob o calor constante, os trabalhadores se cansavam mais do que antes. No entanto, em vez de abater seus ânimos à noite, o clima quente parecia fazê-los beber ainda mais e farrear de forma mais intensa e ruidosa. Nessas noites de verão, quando o lado respeitável de Perdido se sentava à varanda para tomar ar fresco depois do jantar, a algazarra dos trabalhadores do outro lado do rio era um rumor distante, mas audível, pontuado vez por outra por algum grito discernível.

Perdido se balançava com uma expressão contrariada, abanava o rosto e dizia em voz baixa: "Vou ficar tão feliz quando esses homens tiverem voltado de onde saíram." Espingardas de caça – que geralmente só eram buscadas quando chegava a temporada de caça aos cervos – tinham sido limpas, carregadas e apoiadas em um canto atrás da porta de entrada. O medo inconfesso era que as duas mulheres brancas de Pensacola – que tinham ido morar, para o escândalo geral, na Baixada dos Batistas – fossem insuficientes para suprir as "necessidades" dos trabalhadores.

Certa noite, em meio ao calor que continuava (assim como o balançar, o abanar dos leques e as preocupações), o telefone tocou na casa de Oscar Caskey por volta das dez – o que era tarde para qualquer situação que não fosse uma emergência.

Oscar e Elinor estavam sentados na varanda do andar de cima, como sempre, e Oscar foi atender à chamada. Ele voltou alguns instantes depois e disse, um pouco apreensivo:

– É Florida Benquith. Ela me soou preocupada.

Elinor se levantou e foi ao telefone. Oscar ficou por perto, ouvindo ao lado da mulher. Florida falava bastante e, desta vez, tinha mais do que o normal para dizer.

– Ouça, Elinor – começou ela, sem rodeios –, me desculpe por telefonar para você desse jeito, mas acho que deveria saber o que aconteceu, ou que *achamos* que aconteceu, pois ainda não temos certeza. Acabei de mandar o Leo ir até lá.

– Está falando de Queenie? – perguntou Elinor, calma.

– É claro que sim! Eu estava na cozinha, Elinor, guardando os pratos. A janela estava aberta para entrar um pouco de ar fresco e, de repente, ouvi um alvoroço vindo da casa da Queenie. Mas não era Queenie zangando com aquelas duas crianças. Era a voz dela e a de um homem. "Com quem a Queenie está discutindo?", foi o que eu pensei. Então apaguei a luz e saí até a varanda dos fundos para não me verem. Não queria que pensassem que eu estava bisbilhotando, porque só queria confirmar que Queenie estava bem. Fiquei ali ouvindo, e não conseguia entender nada, mas eles continuavam a discutir. Daí escutei Queenie gritar "Não!" e depois não ouvi mais nada. Elinor, eu juro, já estava ficando preocupada.

– O que você fez? – perguntou Elinor.

– Fui correndo buscar o Leo. Ele estava na sala de estar, lendo. Trouxe-o até a varanda e pedi que escutasse. Então ficamos os dois ali, mas não conseguíamos pescar muita coisa. Quando contei o que tinha ouvido antes, ele falou: "Deve ter sido o James Caskey que foi até lá dizer a Queenie que ela está gastando dinheiro demais da loja da Berta." Então eu disse: "Se James Caskey veio visitá-la, por que as luzes estão apagadas?" Isso ele não soube responder. Daí ficamos ali, no escuro, até eu falar para o Leo: "Leo, talvez você devesse ligar para conferir se ela está bem." E o Leo falou: "Boa ideia." Quando estava prestes a pegar o telefone, Leo sussurrou para mim: "Pare." Então eu parei. Quando olhei para o outro lado do quintal, vi alguém saindo pela porta dos fundos da casa de Queenie, e era um homem.

– Que homem? – perguntou Elinor.

– A questão é essa! Não faço ideia de quem era. Mas, Elinor, tanto eu quanto o Leo tivemos quase certeza *de que era um homem do dique*. Ele se esguei-rou pela frente da casa, olhou em volta e depois saiu correndo como um raio. Eu *sei* que era um ho-mem do dique e acho que aconteceu alguma coisa com Queenie. Então mandei Leo até lá. Falei que ele nem devia bater, mas entrar direito, e foi o que fez. Ele está lá agora, e eu estou indo também. Eli-nor, acho melhor você fazer o mesmo.

Quando Florida desligou, Elinor se voltou para o marido e disse:

– Bem, Oscar, parece que um de seus homens acabou de estuprar Queenie Strickland.

∽

No quarto escuro, Queenie estava sentada à beira da cama, chorando. Havia vestido uma saia, mas não se incomodara em abotoá-la. Sua anágua esta-va suja e rasgada, e ela jogara um roupão por sobre os ombros feridos.

Florida preparou um pouco do chá russo espe-cial de Elinor e levou para ela tomar, mas a xícara continuava intocada na mesinha ao lado da cama. Quando Elinor e Oscar chegaram, Florida falou imediatamente:

– Elinor, você tem que falar com ela. Ela não nos deixa ligar para o Sr. Wiggins.

Aubrey Wiggins era o chefe da polícia composta por três homens de Perdido.

Leo Benquith veio da cozinha.

– Ela está bem, Dr. Benquith? – perguntou Elinor.

O Dr. Benquith balançou a cabeça.

– Elinor, o que aconteceu aqui esta noite...

– Eu sei, eu sei – disse Elinor em tom apaziguador, enquanto se sentava à cama e passava o braço em volta do ombro de Queenie.

Parado ali de forma impotente, Oscar só conseguiu pensar em dizer:

– Queenie, sua porta estava trancada?

Queenie não prestava atenção em ninguém. Apenas continuava a soluçar convulsivamente.

– Onde estão as crianças? – perguntou Oscar.

– Elas dormiam enquanto tudo acontecia, graças a Deus – disse Florida. – Então eu os mandei para a minha casa. Estão bem.

– Você não contou àquelas crianças o que aconteceu, certo? – indagou Elinor, incisiva.

– É claro que não! – respondeu Florida. – Mas, Elinor, precisamos fazer alguma coisa. Aquele homem entrou nesta casa e... – Por consideração a Queenie, ela não concluiu a frase; mas prosseguiu como se tivesse concluído: – Então nós *temos* que ligar para o Sr. Wiggins.

Queenie pegou a mão de Elinor e a apertou em um gesto patético, como se dissesse "pare".

– Não – disse Elinor. – Não ligue para o Sr. Wiggins. Não queremos fazer queixa. E, Florida, você não vai contar *nada* a *ninguém*, entendeu?

– Elinor... – começou a falar Oscar, mas foi interrompido por Leo Benquith.

– Isso poderia acontecer com outras pessoas, Elinor. Temos que encontrar o homem que fez isso e amarrá-lo à árvore mais próxima. Ou comprar um bilhete de trem e expulsá-lo da cidade. Queenie, você acha que conseguiria reconhecer o homem que veio aqui esta noite?

Queenie inspirou com força e prendeu a respiração. Correu os olhos exaustos pelo quarto e fitou cada um dos presentes por alguns instantes. Engoliu outro soluço e disse em voz baixa:

– Sim. Eu conheço o homem que fez isso.

– Então é isso – falou Leo Benquith. – Vamos pedir que Wiggins vá até aquele dormitório agora mesmo para arrastar esse homem para a prisão. Assim que estiver se sentindo...

– Não! – exclamou Queenie.

Após um instante de silêncio, Elinor por fim perguntou:

– O que foi, Queenie?

Queenie se esforçou para ficar imóvel e fechou os olhos, tentando controlar os tremores. Por fim, disse:

– Foi Carl. Foi ele quem fez isso. Meu marido.

～

Assim sendo, nada foi feito. Leo e Florida Benquith foram para casa. Não havia risco de que o médico falasse alguma coisa. Afinal de contas, médicos guardavam muitas confidências. Tanto ele quanto Elinor extraíram promessas invioláveis de Florida de que não contaria nada a ninguém.

Deixando Malcolm e Lucille com os Benquiths, Elinor e Oscar levaram Queenie para casa. Eles entraram muito silenciosamente, esperando escapar dos olhos de águia de Mary-Love. No banheiro do andar de cima, Elinor despiu as roupas de Queenie e lhe preparou uma banheira cheia de água quente e sais aromáticos.

Queenie permaneceu imóvel enquanto Elinor a banhava da cabeça aos pés. Naquela noite, as duas dormiram juntas na cama grande do quarto da frente. Na manhã seguinte, enquanto Queenie beliscava o café da manhã, Elinor se sentou à janela e cortou todas as roupas que Queenie vestira na noite anterior. Por fim, obrigou-a a ver enquanto ela jogava os retalhos dentro do forno de Roxie.

De alguma forma, Carl Strickland havia descoberto o paradeiro de Queenie. Não devia ter sido muito difícil, pois os Snyders, a família de Queenie, estavam quase todos mortos, e os que não estavam mortos eram paupérrimos. Teria sido uma questão de lógica procurar por ela em Perdido, onde seu cunhado rico era dono de uma madeireira e de uma área florestal em que um milhão de pássaros poderiam construir seus ninhos.

Sem um tostão, indigente e de pouca respeitabilidade, Carl foi mendigando de Nashville até ali. Por acaso, recebeu uma oferta para trabalhar no dique. Aceitou, trabalhou parte de um dia e, ao final da tarde, já havia descoberto onde estava a esposa. Usou sua lábia para entrar na casa dela, onde exigiu dinheiro e ajuda. Quando ela se recusou, ele a espancou, violentou e fugiu pela escuridão adentro.

Logo cedo na manhã seguinte, Oscar foi de carro até um canteiro de obras perto da prefeitura no qual sabia que homens menos experientes tinham sido destacados para trabalhar. Ali, não teve dificuldade em encontrar Carl, que ajudava a contragosto a despejar a carga de uma carroça de barro.

Carl era alto e magro, com um rosto grosseiro que exibia, em cada vinco, a má vontade do homem para com o mundo.

Sem cerimônias, Oscar o chamou.

– O senhor é Carl Strickland? Se não me engano, nós nos conhecemos no funeral de Genevieve.

Aquele tom de voz despreocupado fez Carl sorrir, pois ele sabia que todos os parentes emprestados de Queenie eram ricos. De alguma forma, isso o fazia pensar que provavelmente o ajudariam também.

– Ah, sim. Eu me lembro do senhor. É o Sr. Caskey, sobrinho do velho James, não é? Genevieve teve a vida fácil, casada com um homem daqueles. Tem tanto dinheiro quanto ele?

Oscar sorriu, olhou com curiosidade para o trabalho que avançava à sua volta, dirigiu os olhos para os sapatos, tornou a olhar para Carl e disse:

– Sr. Strickland, tenho algo para dizer...

– O que é?

– É melhor fazer suas malas e embarcar no primeiro veículo que esteja saindo desta cidade.

O sorriso e as expectativas de Carl se apagaram tão repentinamente quanto haviam surgido. Ele ficou calado, mas trazia uma expressão desagradável nos olhos.

– Sr. Strickland – continuou Oscar após alguns instantes em que não titubeou. – Se bem entendi, o senhor fez uma visita à sua esposa ontem à noite.

– Sim, fiz – respondeu Carl, lacônico.

– Queenie reclamou comigo dessa visita. Creio que ela ficaria feliz se o senhor nunca mais batesse à porta dela. Creio, também, que seria bom para todos nós se o senhor abandonasse este trabalho. É um serviço muito duro, Sr. Strickland, e o sol está de rachar. – Oscar ergueu os olhos, semicerrando-os em direção ao céu matinal. – Largue este trabalho, Sr. Strickland, e vá para algum lugar fresco... e bem longe daqui.

– Não tenho condições – falou Carl Strickland. – Não tenho condições de ir para lugar algum. Além do mais, Queenie é minha mulher. Tenho o direito de estar nesta cidade. Tenho o direito de manter este trabalho. O senhor não pode simplesmente chegar aqui e dizer...

– Sr. Strickland, o senhor foi dispensado de sua função. Não há *nada* para mantê-lo aqui em Perdido.

Oscar sacou um envelope do bolso.

– Agora, considerando o importante serviço que prestou à nossa cidade, e os benefícios que foram acumulados devido ao seu trabalho, a cidade de Perdido tem a satisfação de oferecer para o senhor 75 dólares norte-americanos.

Ele enfiou o envelope na bolsa da camisa de Carl.

– Dentro, o senhor também encontrará os horários dos trens que vão para o norte da estação de Atmore, bem como dos trens que vão para o sul. A cidade não sabia ao certo em qual direção o senhor pretenderia viajar esta tarde, Sr. Strickland.

– Não vou a lugar algum.

Oscar se virou e olhou para o automóvel em que tinha chegado. Como se isso fosse uma espécie de sinal, um segundo homem, que estava sentado lá dentro se abanando com a aba do chapéu, saiu do carro e foi andando até onde Oscar e Carl estavam.

– Que diabo, está cedo demais para estar tão quente assim – falou o homem, meneando a cabeça para Carl enquanto falava.

– Sr. Wiggins, este é Carl Strickland. Ele é vagamente aparentado à nossa família por meio de um casamento.

– Como vai? – falou Aubrey Wiggins, um homem magro que suava e sofria com o sol.

Carl meneou a cabeça de volta.

– O Sr. Wiggins é o chefe da nossa força policial

– explicou Oscar. – Ele vai levar o senhor de carro até Atmore.

Aubrey Wiggins tirou um lenço amarelo do bolso de trás e secou a testa.

– Sr. Strickland, não se preocupe. Vou garantir que o senhor chegue com tempo de sobra. Pra que lado pretende ir? Vai em direção a Montgomery? Ou vai passar por Mobile? Oscar, minha mãe nasceu em Mobile. Sabia disso?

– Eu conheci sua mãe uma vez – respondeu Oscar. – Ela foi muito gentil comigo.

– Adoro aquela mulher – falou Aubrey Wiggins, com uma expressão distante anuviando momentaneamente seu olhar. – Sr. Strickland, quer uma carona até o dormitório? Imagino que queira colocar algumas coisas na mala.

– Não vou a lugar algum – repetiu Carl.

Oscar olhou para Carl e, depois, para Aubrey Wiggins. Então, sacando o relógio do bolso, disse:

– Por Deus, olhe só as horas! Aubrey, tenho que ir andando ou aquela fábrica vai desmoronar sem mim. Foi um prazer revê-lo, Sr. Strickland. Não se esqueça de me mandar um cartão-postal, combinado?

– Não vou a lugar algum! – gritou Carl para as costas de Oscar, que se afastava.

Oscar sorriu, entrou no carro e acenou enquanto partia. Aubrey Wiggins, que tinha guardado seu lenço encharcado, retirou-o de novo e secou o pescoço.

– O trem para Mobile é às duas, o para Montgomery é às três. Conseguimos chegar a tempo dos dois. Alguma preferência, Sr. Strickland?

CAPÍTULO 12

Queenie e James

Todos em Perdido descobriram o que havia acontecido a Queenie Strickland, embora os envolvidos no incidente afirmassem terem ficado calados. Suspeitava-se que Florida Benquith tivesse exposto o ocorrido, mas ela nunca admitiu tal indiscrição. Por sorte, para a paz de espírito de Queenie, o assunto foi deixado de lado após alguns dias de fofoca intensa, graças à recusa de falar sobre a experiência infeliz ou sequer reconhecer para si mesma que havia acontecido. Três ou quatro meses depois, no entanto, o interesse no assunto foi renovado, pois a silhueta arredondada de Queenie aumentou de forma evidente.

Não fazia sentido ela negar sua gravidez – ou negar sua causa extremamente indesejável. Todos sabiam de tudo, como se tivesse sido impresso na primeira página do *Standard* com uma fotografia de Queenie, com os dois filhos ao lado, e a legenda: "À espera de um terceiro."

Mary-Love ficou mortificada. Aquele era um golpe contra o nome dos Caskeys, pois Queenie estava, aos olhos de todos, sob a proteção da família.

Que aquela mulher carregasse um filho resultante de um encontro involuntário com um homem do dique, por mais que *fosse* casada com ele, era uma desgraça para a família. Mary-Love não conseguia se obrigar a falar com Queenie, e declarou que a mulher deveria ser amarrada à cama durante a gravidez. Ela estremecia todas as vezes que ouvia dizer que Queenie tinha sido vista na rua.

– Aquela mulher está carregando a vergonha dela, e a nossa vergonha, diante de si!

James Caskey também ficou abalado com a notícia. Imaginava, com razão, que Mary-Love interpretaria aquele infortúnio como sendo culpa dele: em primeiro lugar, por ter se casado com Genevieve, que trouxe Queenie à cidade, que atraiu aquele patife do Carl, que... e assim por diante.

As circunstâncias infelizes fizeram James questionar o passado dela. Durante os sete anos do casamento de James, Genevieve havia passado pelo menos cinco em Nashville com a irmã. Como é óbvio, James tinha encontrado Queenie em várias ocasiões, chegando inclusive a visitar a casa dela uma vez para que Genevieve pudesse assinar alguns papéis importantes.

Ele sabia que Queenie era casada com um homem chamado Carl Strickland. Quando o conheceu, pareceu um sujeito carrancudo, um tanto tosco, mas vestido de forma respeitável, sem nada de óbvio que denotasse maldade. Agora, lá estava aquele mesmo homem, empregado como um trabalhador do dique, trajando andrajos que lhe vestiam mal e estuprando a própria mulher. James sentia muito por Queenie, mas não conseguia deixar de pensar em como Genevieve podia ter passado cinco anos na mesma casa que aquele homem terrível.

Genevieve não era uma mulher agradável, isso era verdade, mas sempre fora bem educada. Nesse sentido, era superior a Queenie, e James mal podia conceber que sua esposa tivesse consentido em dividir um teto com um cunhado capaz de decair com tanta facilidade.

Havia algo de errado na imagem que James sempre tivera de Genevieve vivendo de forma tranquila e decorosa com a irmã e o cunhado na casa de tábuas de madeira branca dos dois em Nashville.

Se ele havia se enganado nesse ponto, também não poderia ter se enganado em outros? Foi essa incerteza repentina sobre o passado da esposa que fez James ir à casa de Elinor certa tarde em novembro para lhe perguntar se ela sabia algo sobre a vida de Queenie e Carl juntos em Nashville.

– Não sei nada a respeito – respondeu Elinor.

– Queenie adora você – falou James. – Se fosse contar a alguém, seria a você.

– Então ela não contou a ninguém. Além do mais, não sei por que você precisa saber, James. – Elinor soava um pouco ríspida. – Queenie já teve problemas suficientes, e os problemas dela ainda não acabaram.

– Aquele homem vai voltar?!

– Não, não – apressou-se a dizer Elinor. – Oscar daria um tiro nele. Ou Queenie. Ou eu. Mas ela vai dar à luz o filho daquele homem.

– Bem, ao menos a criança é legítima.

– Ele a *estuprou*. Essa criança não vai ser feliz, James. Agora, por que você quer saber sobre Queenie e Carl?

Oscar explicou o motivo da sua apreensão; isso pareceu tranquilizar Elinor.

– Ah, agora entendi. Sinceramente, não sei nada sobre a vida dos dois juntos. Por que não pergunta à própria Queenie? Ela vai dizer, é só explicar tudo para ela.

James admitiu com relutância que sua curiosidade provavelmente não poderia ser aplacada de outra maneira, por mais que detestasse a ideia de se intrometer na vida da cunhada. Depois que ficou sabendo do problema dela, James foi a cada uma das lojas da cidade e aumentou o limite que havia estipulado para os gastos de Queenie. Não lhe dissera nada a respeito, e suspeitava que, como ela não havia tirado proveito de sua generosidade, a cunhada não soubesse desse gesto de simpatia.

Da casa de Elinor, ele telefonou para Queenie, dizendo no tom afetuoso e alegre que sua voz sempre assumia ao falar ao telefone:

— Olá, Queenie, é o James. Ouça, estou aqui na casa da Elinor e ela me disse que você está livre hoje à noite. Será que poderia vir à minha casa? Faz tanto tempo! Não, traga Lucille e Malcolm à casa de Elinor para eles brincarem sossegados com a Zaddie. Vou mandar Grace pra lá também para podermos conversar sozinhos!

Quando desligou, ele disse em tom de desculpas:

— Elinor, acabei de encher sua casa de crianças por todo o fim da tarde.

— Não há problema, James. Elas podem ser arruaceiras, mas aquelas crianças sempre brincam tranquilas aqui. Não sei por quê.

– Não vão incomodar a Frances?

Elinor riu.

– Não se preocupe. É *impossível* fazê-los subir até o segundo andar. Eles dizem que têm medo desta casa. Dizem que há fantasmas e criaturas nos armários, embora seja praticamente a casa mais nova da cidade.

James olhou um pouco apreensivo à sua volta e, tornando a agradecer Elinor, se retirou.

～

James não tinha visto Queenie recentemente, e a grande diferença nela não parecia estar na barriga maior, mas sim em seu estado de calma atordoada. Era como se tivesse recebido uma punição severa, sem saber qual transgressão a havia causado.

Ao mesmo tempo, James a analisou do ponto de vista de Mary-Love. Tinha uma tendência a fazer isso, pois a cunhada representava para ele uma espécie de árbitro supremo em questões de moralidade. Dessa perspectiva, Queenie parecia mais respeitável. Eles se sentaram juntos no salão formal – ele em uma cadeira de balanço, ela no canto do sofá azul de Elvennia Caskey. A princípio,

Queenie não quis olhar para James, concentrando toda sua atenção no ato de afagar insistentemente a superfície felpuda do estofado de veludo, de um lado para outro.

– James, eu me sinto muito culpada por não ter vindo aqui para agradecer logo que descobri.

– Logo que descobriu o quê, Queenie? É um prazer rever você – acrescentou ele, abrindo um parêntese.

– O prazer é todo meu. Quando descobri sobre minhas contas na cidade. Berta me mostrou tudo o que tinha na loja e disse que eu poderia levar o que quisesse. Em todas as outras foi igual. James, na loja do Sr. Gully, ele me ofereceu uma frota de automóveis que faria o Kaiser cair morto.

– Queenie, se você fizer o Kaiser cair morto, eu compro aqueles automóveis!

Queenie riu, mas as risadas se apagaram em um instante.

– James Caskey – falou ela, erguendo a cabeça, fitando-o nos olhos pela primeira vez. – Achei que eu seria feliz no dia em que cheguei a Perdido. Achei que seria feliz pelo resto da minha vida.

– Ninguém é feliz pelo resto da vida, Queenie.

Ela balançou a cabeça.

– Suponho que não. James Caskey, o que tinha

para me dizer? Por que me chamou aqui tão de repente?

– Eu queria perguntar uma coisa.

– Sobre o quê?

A boca de James se contorceu e ele fez uma pausa.

– Sobre Carl, na verdade.

– Achei que todos soubessem.

– Soubessem de quê?

– Que este bebê é de Carl Strickland.

Ela afagou a barriga.

– É claro que o bebê é de Carl – disse James, tranquilizando-a. – Carl é seu marido. De quem mais poderia ser? Queenie, eu quero saber sobre você e Carl em Nashville. Foi por isso que pedi que viesse aqui.

– O que quer saber sobre nós?

James encolheu os ombros. Ele não sabia como colocar de forma educada o que queria perguntar.

– James – falou Queenie após alguns instantes. – Carl Strickland não era muito presente.

– Ah!

– Era isso que queria saber? Carl bebia, fazia muitas coisas, não tinha hábitos muito agradáveis e, louvado seja Deus, passava a maior parte do tempo fora de casa. O que acha que teria sido de

Lucille e Malcolm se eu tivesse deixado que o pai delas as pegasse e falasse com elas o tempo todo? Ah, eu sei muito bem como são meus filhos. Sei que nunca serão bem-vindos nesta casa enquanto não puderem andar por uma sala sem pegar nada e quebrar no chão, mas eu fiz o melhor que eu pude...

– Queenie...

– Ohhh! – exclamou Queenie, soltando o ar de tal forma que o som produzido era parecido com um guincho e um suspiro. – Genevieve não *suportava* aquele homem! Não conseguia ficar perto dele; e a recíproca era verdadeira. Quando vinha me visitar, ele ia embora. Então, quando eu não conseguia aturar a presença de Carl nem mais um minuto, eu telefonava para Genevieve e pedia para ela vir. James, sinto muito por isso. Sinto muito por ter afastado sua esposa de você.

Queenie não parecia prestes a chorar, mas começou a alisar e levantar a superfície felpuda do estofado novamente.

– Não faz mal, Queenie. Agradeço que tenha me contado.

O fato de sua falecida esposa ter abandonado James e a filha por motivos altruístas fez com que ele tivesse uma opinião mais lisonjeira dela. Suas dúvidas também tinham sido esclarecidas, mas ainda lhe restava uma curiosidade:

– Queenie, quando o Carl saía de casa, para onde ele ia?

– Não sei – respondeu Queenie. – Nunca perguntei. Mas não devia ser muito longe, pois no minuto em que Genevieve saía pela porta com a mala, ele estava de volta. Talvez fosse morar na casa do outro lado da rua, nos observando pela janela. Era sorrateiro o suficiente para isso.

– Em que ele trabalhava?

– Ele trabalhava para a companhia de energia. Limpava terrenos. – Queenie parou de revirar o tecido do sofá e tornou a fitar James nos olhos. – James, você tem sido bom para mim. E aqui estou eu, sentada neste sofá, mentindo para você. Bem, não exatamente mentindo, mas fazendo as coisas soarem melhores do que eram de verdade. Carl Strickland não presta. Ele não prestava no dia em que me casei com ele, não prestava no dia em que apareceu nesta cidade e não prestou todos os dias nesse meio tempo. Ele trabalhava, *sim*, para a companhia de energia, ou pelo menos costumava trabalhar, mas foi despedido quando descobriram que vinha roubando. Nem sei que tipo de coisas. E esteve na cadeia duas vezes. Uma por ter espancado um homem por algum motivo, outra por cortar o braço de uma mulher com uma navalha. Foi nesses períodos que Genevieve veio ficar comigo, quando Carl estava preso, pois estava com medo de ficar sozinha e não tinha dinheiro. Essa era a forma de Malcolm, Lucille e eu vivermos, com o dinheiro que enviava a Genevieve todos os meses. Então, quando Carl saía da prisão, Genevieve voltava para ficar com você.

Ela fez uma pausa, então continuou:

– James, não era fácil conviver com Genevieve, sei disso, mas você também não conheceu nosso pai. Papai batia nela. Um dia, disparou uma arma contra ela e, se eu não tivesse jogado um prato na mão dele, a bala teria parado na cabeça da minha irmã. Papai foi morto na floresta, não sei como, e não acho que eu queira saber, e Genevieve e eu ficamos sozinhas. Pony já havia ido para Oklahoma. Tivemos que nos virar sozinhas. Genevieve foi estudar e eu fui trabalhar. Quando ela precisava de ajuda, eu a ajudava; quando eu precisava de ajuda, ela me ajudava. Nenhuma de nós era especial, mas ela era boa para mim e eu era boa para ela. Quando abri o telegrama e descobri que ela havia morrido, foi como se tivessem arrancado meu braço. James Caskey, você tem sido tão bom para mim, quando não tinha a menor obrigação, que eu achei que deveria saber disso tudo. Ninguém mais sabe, nem mesmo Elinor. Então eu ficaria agradecida se pudesse manter segredo.

James ficou um bom tempo em silêncio, embora estivesse claramente muito abalado. Por fim, ele se levantou e ficou andando de um lado para outro atrás do sofá em que Queenie continuava sentada, alisando e levantando a superfície felpuda do estofado azul.

– Queenie, tem alguma coisa que possa fazer por você? Algo que queira e que possa comprar? Você sabe que sempre vou tomar conta de você e que sempre vou tomar conta da Lucille e do Malcolm, não sabe?

– Desde que não venham aqui quebrar suas coisas, quer dizer? – falou Queenie, com uma risadinha que era um vislumbre de como ela costumava ser, antes de aquele problema surgir. – James Caskey, eu não quero nada. Ou espere, tem uma coisa, sim, só uma coisa...

– O que é?

Queenie se levantou e ajeitou o vestido. Virou-se e encarou James, fitando-o com uma expressão séria.

– Um dia quero que me envie um telegrama. O menino vai bater à minha porta e dizer: "Sra.

214

Strickland, tenho um telegrama para a senhora." Eu vou dar 1 dólar para o entregador, vou me sentar na varanda da frente, abrir o telegrama e nele vai estar escrito: "Querida Queenie, acabo de enterrar Carl Strickland em uma cova de 6 metros de profundidade em um caixão de mármore fechado a cadeado." Isso é algo que pode fazer por mim. Pode me enviar esse telegrama.

CAPÍTULO 13
Assentando as bases

Por mais interessantes que fossem os problemas de Queenie, o assunto não resistiu por muito tempo diante do fascínio pelo dique. O projeto continuava de vento em popa, com muito menos obstáculos do que aqueles que apareciam nos trechos curtos dos rios Perdido e Blackwater, que atravessavam o perímetro da cidade.

A emissão da letra de câmbio tinha sido aprovada pela assembleia legislativa, os títulos foram vendidos e o dinheiro foi sacado e depositado no banco de Perdido. O dique já havia sido concluído nas duas margens do rio ao sul da confluência, e os habitantes comemoravam o fato de que, caso as águas subissem no dia seguinte, apenas as duas madeireiras e as residências suntuosas dos Caskeys, dos Turks e dos DeBordenaves seriam destruídas. Todo o resto, a prefeitura, o centro da cidade, as casas dos trabalhadores, a Baixada dos Batistas e as casas dos lojistas e profissionais liberais, até mesmo os dormitórios e o refeitório dos homens do dique, ficariam apenas molhados.

Pouco antes do Natal de 1923, os primeiros caminhões de terra foram despejados à beira da confluência, e o segundo dique começou a se esgueirar para o nordeste ao longo do rio Blackwater, em direção ao pântano de ciprestes, de modo a proteger as fábricas dos Caskeys, dos Turks e dos DeBordenave – cuja prosperidade havia possibilitado aquela construção, afinal de contas.

As barragens poderiam não ser mais do que extensões maciças de barro vermelho compactado, mas Perdido já estava de tal modo se habituando à presença delas que já não pareciam tão detestáveis. As rosas, os cornisos, os azevinhos, os lírios e, acima de tudo, o kudzu, tinham vingado. Portanto, havia mais verde e menos vermelho à mostra a cada dia, pelo menos nos lados voltados para a cidade.

O caminho estreito sobre o dique no lado oeste de Perdido se tornara um dos passeios preferidos para a população depois da igreja. Dali, as patroas acenavam para suas criadas, que, por sua vez, se divertiam no lado oposto do rio exibindo as melhores roupas delas.

As pessoas olhavam e exclamavam: "Por Deus, daqui a pouco vou me esquecer que o dique está aqui de tanto que já me acostumei com ele!" Ou comentavam: "Antes era tão *plano* aqui, não sei por que não pensamos nisto antes!" Ou então julgavam: "Só por saber que nossos filhos nunca vão ter que aprender o que é passar por uma enchente, o dique vai valer cada centavo."

Logo o dique ao longo do rio Blackwater foi concluído. Cerca de 100 metros além da fábrica dos Turks, ele terminava em uma rampa íngreme que descia até o pequeno morro de um cemitério indígena.

Essa rampa logo se tornou um dos lugares preferidos dos meninos de Perdido (comandados em suas travessuras por Malcolm Strickland), que seguiam em suas bicicletas pelo topo do dique desde o dormitório dos trabalhadores, passando pela Baixada dos Batistas, virando na confluência à medida que o dique fazia a curva e passando pelas madeireiras até chegarem de volta ao pinheiral.

Os rios ficavam à esquerda deles, com a cidade mais abaixo à direita. Os meninos se perguntavam se algum dia chegariam tão perto do céu, e estavam certos de que as próprias Montanhas Rochosas não poderiam ser tão altas quanto as barragens da cidade. Quando chegavam ao fim, soltavam o guidão das bicicletas, jogavam os braços para cima e desciam a rampa, cruzando o topo do morro do cemitério indígena. Então, voltavam a agarrar os guidões e acionavam os freios no último segundo antes que se estrepassem contra os arbustos de urzes, garrafas quebradas e outros detritos de obra que estivessem do outro lado do morro.

O dique ao longo do rio Blackwater tinha sido concluído em um ótimo prazo, e agora restava apenas o dique ao longo do alto Perdido, que protegeria as casas dos donos das madeireiras. Early Haskew e Morris Avant tinham feito milagres com a construção até o momento, ficando inclusive abaixo do orçamento.

O trabalho continuou de forma ininterrupta, começando no bosque atrás da casa dos Turks e da prefeitura. Os homens do dique se lançaram ao trabalho com ímpeto, pois era possível vislumbrar o fim do projeto. Mas, estranhamente, o progresso começou a desacelerar. Early Haskew não sabia ao certo por quê. Talvez fosse a instabilidade da margem ao longo daquele trecho do rio Perdido, mas todas as noites metade do barro que tinha sido trazido à margem durante o dia deslizava para a água e era levado embora, sem deixar sinal do esforço para além da tonalidade ligeiramente mais rubra da água já vermelha do rio Perdido.

As outras seções do dique pareciam quase ter se erguido sozinhas, uma vez que o trabalho correra tão bem – ou pelo menos assim parecia, em comparação com aquela recalcitrância final. Não era possível avançar. Toneladas e toneladas de barro, cascalho e terra eram trazidas todos os dias, empilhadas e compactadas, mas metade do que era construído seguramente erodiria durante a noite.

Early estava frustrado, enquanto Morris Avant praguejava a todo o momento. Os homens ficaram irrequietos e ansiosos, agindo como se talvez houvesse algo mais sobrenatural do que geológico em curso ali. Muitos dos homens afirmavam ter ouvido falar de um lago que estava sendo dragado em Valdosta, e que o salário para trabalhadores não qualificados era mais alto, de modo que abandonaram Perdido com o pouco dinheiro que tinham conseguido poupar.

Alguns deles de fato foram até Valdosta, mas outros pareciam apenas querer deixar Perdido para trás. De repente, os homens empregados no dique foram tomados pela necessidade urgente de pôr novos telhados em suas casas na Baixada dos Batistas. Outros desenvolveram problemas nas costas ou ficaram com o braço direito ou esquerdo temporariamente inútil. Assim, enquanto o trabalho havia dobrado de dificuldade, a mão de obra de Early fora reduzida pela metade. Às vezes, parecia que o dique atrás das mansões dos donos das madeireiras *nunca* ficaria pronto.

– Não sei se eles conseguirão erguê-lo – disse Oscar à esposa certa noite, parado na varanda com tela, olhando para os limites ainda distantes da obra.

– Não vão conseguir – falou Elinor em um tom casual.

– Como assim?

– O rio não vai permitir que terminem – explicou Elinor, mas aquela explicação não era plausível para Oscar.

– Continuo sem entender o que está falando, Elinor.

– Estou tentando dizer que o Perdido não vai deixar que o dique seja concluído.

Oscar ficou perplexo.

– Por que não?

– Oscar, você sabe o quanto adoro aquele rio…

– Claro que sim!

– Bem, esta cidade pertencia ao rio, e as barragens a estão tomando dele sem que o Perdido ganhe nada em troca.

– Você acha que alguém deveria ir até a beira d'água e jogar dinheiro vivo para ele ou algo assim?

– Veja bem, eu tive aulas sobre civilizações antigas em Huntingdon. Sabe o que eles faziam sempre que construíam algo muito grande, como um templo, um aqueduto, um palácio para o senado ou algo assim? Eles sacrificavam uma pessoa e a enterravam no canto da construção. Arrancavam-lhe os braços e as pernas enquanto ainda estava viva, empilhavam os membros e depois cobriam tudo com pedras, tijolos ou qualquer que fosse o material usado. O sangue deixava o cimento mais firme, era o que todos pensavam. Essa era a maneira de consagrarem a obra aos deuses.

– Bem – falou Oscar, um pouco incomodado –, James vai tratar da cerimônia de inauguração quando o dique finalmente ficar pronto, mas duvido que esteja planejando algo parecido com *isso*. Não consegue pensar em outra maneira de compensar o rio?

Elinor deu de ombros.

– Realmente tenho quebrado a cabeça tentando encontrá-la.

Alguns dias depois, Queenie Strickland deu à luz um menino. O bebê não teria sobrevivido se

Roxie, com a ajuda de Elinor e Mary-Love, não tivesse desenrolado o cordão umbilical que enforcava e sufocava a criança.

Na noite em que o filho dela nasceu, Queenie acordou suando de um pesadelo em que seu marido, Carl, andava de um lado para outro na varanda da frente, buscando uma maneira de entrar na casa. Ela pegou o bebê adormecido nos braços e o apertou contra o peito, na esperança de acalmar as batidas violentas de seu coração. Oscar deixara uma espingarda carregada no canto do quarto, e o xerife tinha prometido que enforcaria o marido dela no ato se ele pusesse os pés na cidade de novo; mas a realidade era dura e Queenie sabia que uma noite ouviria o som daquelas botas vindo da varanda da frente.

Naquela mesma noite, no exato momento em que Queenie acordou do pesadelo e apertou seu recém-nascido contra o peito, John Robert DeBordenave também despertou. O quarto sem luz e a noite lá fora talvez não fossem mais escuros do que o interior da sua mente. Na verdade, ele mal sabia a diferença entre os estados de vigília e sono. O pobre garoto tinha agora 13 anos, e no próximo outono passaria para o quarto ano, embora estivesse tão pouco preparado para tal quanto o subsecretário do Interior para os projetos relacionados à água.

Grace Caskey e inúmeras outras crianças o haviam ultrapassado, e quanto mais John Robert ficava para trás, mais triste se sentia. Já não bastava receber cosquinhas uma vez por dia enquanto os doces nos bolsos dele eram saqueados; não bastava ficar assistindo aos jogos misteriosos de seus colegas de classe no canto do prédio da escola, onde arrastava as costas sem parar contra os tijolos ásperos para experimentar a sensação.

Sua irmã, Elizabeth Ann, o ignorava agora, e parecia constrangida pela presença dele. Os pais ainda sorriam para ele, o abraçavam e o sacudiam com carinho pelos ombros, mas isso já não bastava para John Robert, que, embora soubesse que queria algo mais da vida, não fazia ideia do que esse algo mais pudesse ser.

Mais doces. Foi o pensamento que surgiu de algum canto obscuro da mente incompleta de John Robert. Mais doces não era a resposta, mas seu cérebro não conseguia conceber nada melhor do que isso.

O luar incidiu de repente sobre o chão do quarto de John Robert. Ele se levantou da cama e parou perto do foco de luz, pondo o pé dentro dele; depois, ajoelhou-se e pôs a mão. Então, nessa posição, ergueu os olhos e fitou a própria lua pela janela. Era uma lua minguante convexa, mas John Robert sabia tanto sobre as alterações de formato da lua quanto a lua sabia dos vagos desejos dele por doces.

Ele foi até a janela e olhou por cima do gramado para os fundos da casa. Apesar dos problemas, a barragem tinha sido ampliada de forma inexorável; agora, a maior parte da obra já havia sido concluída ao longo da parte de trás da propriedade dos DeBordenaves e começado há pouco na dos Caskeys. Portanto, logo à frente dele e à direita, o vulto negro dela se erguia.

Aqui e ali, um naco de tinta em volta do cabo de uma pá deixada pelos trabalhadores, ou talvez o metal de uma pá em si, reluzia sob o luar. À esquerda da obra, ele via de forma indistinta o rio Perdido, com uma linha solitária do reflexo da lua tremulando sobre sua superfície preta. A casa de James Caskey, que brilhava em um tom branco-azulado frio sob o luar, erguia-se impassível e quadrada no terreno arenoso que começava onde a grama dos DeBordenaves terminava abruptamente. E ali, naquele quintal de areia, estavam os carvalhos de que John Robert tanto gostava – especialmente dois deles, que o menino conseguia ver ao se inclinar um pouco mais para a frente.

Eles ficavam a cerca de 1,20 metro um do outro e cresciam em linha reta para o céu. Entre essas duas árvores, alguns anos antes, Bray Sugarwhite tinha pregado uma tábua para formar um pequeno banco. John Robert observara com espanto os troncos das árvores crescerem em volta das extremidades das ripas, cercando-as e prendendo a tábua ali, como se as árvores, rindo dos pregos de Bray, tivessem dito uma à outra: "Vamos mostrar ao Bray como se faz isso direito."

Sentado àquele banco dia após dia, entrando em casa apenas para fazer as refeições, John Robert assistira ao progresso do dique à medida que se esgueirava lentamente na direção dele ao longo da margem do rio.

Debruçado sobre a janela, John Robert viu a Sra. Elinor sentada no banco preferido dele. Ela usava um vestido que brilhava no mesmo tom branco-azulado da casa de James Caskey. Elinor sorriu e acenou para ele, levando o dedo aos lábios para pedir silêncio.

Sem saber o motivo, e sem jamais cogitar que talvez não devesse fazê-lo, John Robert empurrou uma cadeira contra a parede debaixo de sua janela, subiu nela, abriu o trinco da tela, espremeu-se para atravessá-la e caiu no canteiro de lírios-germânicos da mãe lá embaixo, raspando o corpo contra a lateral da casa no processo. As folhas afiadas das plantas rasgaram o pijama dele em dois ou três lugares, cortando também sua pele. John Robert, no entanto, estava tão habituado a pequenas lesões que mal notou. Ele se levantou e correu descalço pela grama coberta de orvalho até a beirada do seu quintal.

A Sra. Elinor continuava sentada no banco, embora agora estivesse recostada contra uma das árvores e desse tapinhas no lugar ao seu lado, convidando-o a se juntar a ela.

John Robert hesitou. Então, sem mais razão para não ir em frente, levantou o pé da grama molhada de orvalho e o pousou sobre a areia desenhada a ancinho.

A areia se colava às solas de seus pés enquanto atravessava o quintal. Tímido, ele se sentou ao lado da Sra. Elinor e olhou para o rosto dela. No entanto, já não conseguia discernir a expressão naquele rosto, pois a sombra da árvore a ocultava na escuridão.

John Robert ficou calado, mas murmurava uma pequena melodia indistinta e balançava as pernas curtas debaixo da tábua de madeira, chutando a areia. Sentiu os braços da Sra. Elinor enlaçar os ombros dele, confortando-o. Ele olhou para o vulto escuro do dique à sua frente e continuou a cantarolar.

O menino não achou nada estranho a Sra. Elinor estar sentada no banco àquela hora; tampouco estranhou que o tivesse chamado, o silêncio dela ou a maneira firme, porém carinhosa, como agora o abraçava. John Robert DeBordenave aceitava atenção e afeto de todas as formas que surgissem, sem nunca questionar sua origem ou motivo.

Ele estava contente em ficar sentado ali, cantarolando e chutando, vez por outra lançando no ar grãos de areia que caíam reluzentes, como uma chuva de estrelas minúsculas. Quando a Sra. Elinor se levantou do banco e o ergueu sem esforço aparente, pondo-o de pé e empurrando-o na direção do dique, ele não resistiu nem por um instante àquela incitação gentil. Ela andava atrás dele com as mãos nos braços do menino, conduzindo-o rumo ao ponto mais avançado da construção.

Naquele dia, os homens do dique haviam despejado suas carroças de barro vermelho pela primeira vez nas terras dos Caskeys. Pedaços de barro tinham se esparramado sobre os desenhos feitos a ancinho por Zaddie, brilhando negros sobre a areia cinzenta que cintilava sob o luar. No dia seguinte, os homens começariam a obra de fato e, em uma semana, o rio já não estaria visível das janelas da casa de James Caskey. O terreno generoso atrás das casas ficaria cerca de 7,5 metros mais estreito.

John Robert não tinha permissão para chegar tão perto do rio e, como a obediência era um hábito tão arraigado para o menino, ficou apreensivo apesar da presença da Sra. Elinor atrás dele.

Quando o garoto parou, sabendo por instinto que não deveria ir mais longe, a Sra. Elinor de repente passou a agarrar seus braços com mais força, até doer. Ele já não conseguia mover os braços ou o corpo, de tão firme que a mulher o segurava. Girou a cabeça para trás e ergueu os olhos para ela, em um protesto manso.

Mas não foi o rosto da Sra. Elinor que o fitou de volta. Não conseguia ver muito, pois a lua estava escondida bem atrás daquela cabeça, mas John Robert conseguia enxergar que era muito achatada, muito larga e que dois grandes olhos protuberantes, cintilantes e esverdeados ressaltavam dela. Sentiu o cheiro pungente de água parada, vegetação apodrecida e da lama do rio Perdido. As mãos nos braços de John Robert não eram mais as da

Sra. Elinor. Eram muito maiores, sem dedos ou pele; não passavam de um conjunto de membranas achatadas e curvas, que pareciam de borracha.

Com tristeza, John Robert virou o rosto devagar de volta para o rio. Olhou à sua frente para a obra e para a água lamacenta que corria silenciosa e escura atrás dela. O pouco juízo e consciência que o menino tinha estavam sendo destruídos pela traição da Sra. Elinor, por ela ter se tornado algo diferente, pela sua transformação naquela coisa terrível que o segurava com força. Ele começou a chorar, as lágrimas escorrendo suaves por suas faces.

Atrás de si, ouviu um leve sibilo molhado, como a barriga de um peixe grande sendo rasgada com uma faca. Um dos braços de John Robert, que continuava a chorar, foi erguido acima do seu corpo.

Sentiu uma torção e um rasgo, acompanhados por um choque de dor tão violento e forte que John Robert sequer conseguiu identificar como dor. Então a criança viu, sem entender, o próprio braço rolar pelo chão sob a luz da lua. Foi parar em um monte de barro vermelho à beira da propriedade dos Caskeys. O luar incidia sobre o braço e, a 3 metros de distância, o menino viu os dedos da própria mão separada do corpo agarrarem e apertarem punhados da lama que jazia debaixo dela.

O outro braço do menino foi erguido e arrancado da articulação. Ele também voou pelo ar e aterrissou cruzado sobre o outro; desta vez, a palma da mão ficou virada para cima, os dedos agarrando somente o ar.

John Robert agora sentia o corpo ensopado de líquido quente, sem saber que era sangue. Pensamentos coerentes, que nunca tinham vindo com facilidade ao menino, agora o haviam abandonado de vez.

Ele caiu no chão, sentindo um daqueles apêndices membranosos que não eram mãos pressionar seu peito. Ossos foram estilhaçados, tendões arrancados e carne dilacerada à medida que uma perna era torcida em volta da articulação, e depois a outra. John Robert as viu descrever um arco no ar e cair em convulsão sobre os braços decepados em cruz.

A última coisa que notou foi o leve assobiar do vento em seus ouvidos e uma brisa suave que soprava contra seu rosto, enquanto o que restava dele, tronco e cabeça, era erguido e atirado pelo ar. Ele girou e rodopiou, vendo o próprio sangue jorrar do corpo, milhares de gotas negras reluzentes sob o luar.

Teve um espasmo quando caiu em cima da pilha composta pelos próprios membros, consciente por mais um segundo enquanto via um tanto de barro e cascalho deslizar do topo do dique e cair em cima dele. Uma pedra pequena lhe atingiu o olho direito, arrebentando-o como uma colher enfiada na gema de um ovo. John Robert DeBordenave, cuja cabeça trêmula foi por fim imobilizada sob a pequena avalanche de cascalho e barro, não soube mais nada.

CAPÍTULO 14

A inauguração

Caroline DeBordenave passou dias fora de si após o desaparecimento do filho. O barulho dos homens do dique, que nunca a incomodara antes, parecia penetrar seu crânio agora – a tal ponto que exigiu que o marido interrompesse todos os trabalhos até o filho deles ser trazido de volta.

Ninguém fazia ideia de por onde *começar* a procurar por John Robert. O trinco aberto na tela revelava como ele havia saído da casa. O pijama em falta revelava o que estava vestindo, mas sobre o desaparecimento em si ninguém sabia dizer mais nada.

Adolescentes armados de paus para se defenderem contra as cascavéis andavam pela floresta chamando o nome dele. Os moradores da Baixada dos Batistas olhavam debaixo de carroças quebradas para ver se o menino havia se abrigado ali.

O prefeito de Perdido fez uma busca no espaço com chão de mármore debaixo dos relógios da prefeitura, mas John Robert não estava ali entre os morcegos e ninhos de pássaros. Zaddie se esgueirou pelos forros debaixo das mansões dos donos das madeireiras, mas não encontrou nada além de ninhos de roedores e teias de aranha.

Após dez dias, Caroline DeBordenave teve que aceitar o que todos em Perdido já sabiam desde o início: John Robert havia se afogado no rio Perdido. As crianças da cidade não eram mordidas por cães raivosos, não caíam em poços vazios, não sofriam acidentes fatais enquanto brincavam ou disparavam armas carregadas contra os próprios pescoços. Em Perdido, as crianças azaradas se afogavam no rio, e isso era tudo.

Os habitantes mais jovens de Perdido levavam uma vida maravilhosa, exceto na confluência. O rio cobrava seus sacrifícios com frequência, e às vezes os corpos eram recuperados por algum pescador muito mais adiante em suas águas. Na maioria das vezes, mesmo quando uma dezena de amigos via um menino ou menina se debater até a morte, o corpo nunca era encontrado. A criança era arrastada até o leito do rio e enterrada ali sob um manto de lama vermelha, para adormecer sem ser perturbada até o dia da Ressurreição, quando aqueles ossos minúsculos se ergueriam para comungar da Glória.

As buscas por John Robert se estenderam por mais tempo do que qualquer outra. A debilidade intelectual do menino *poderia* tê-lo levado para outro lugar além de Perdido, e Caroline clamava que o filho jamais chegaria perto daquele rio, pois tinha sido alertado contra isso a vida inteira – da mesma forma como não enfiaria um prego incandescente na própria mão.

Os DeBordenaves também eram donos de uma madeireira, de modo que o filho deles, por mais limitado que fosse, era uma figura relevante. Essa limitação tornava John Robert alvo de mais piedade do que se fosse um menino arruaceiro com um pai bêbado – ou alguma menina negra indistinguível que fosse apenas a terceira de oito filhos e nunca tivesse demonstrado a menor aptidão para cozinhar e lavar.

Apesar da intensidade das buscas e das queixas de Caroline, as obras não foram interrompidas. Na verdade, aceleraram. O que quer que viesse impedindo o trabalho no alto Perdido até então foi solucionado no dia em que John Robert desapareceu. Dali em diante, a cortina de terra subiu rapidamente, camada por camada. Assim, antes que os Caskeys se dessem conta, a vista do rio a partir de cada uma das três casas foi bloqueada. Mesmo se Oscar ficasse na ponta dos pés no quarto-varanda, não conseguia enxergar a água do outro lado sobre o topo do dique. Mal conseguia ver as copas dos carvalhos silvestres na margem oposta do rio Perdido.

Oscar temia por esse momento, pois se lembrava da maneira agourenta com que Elinor falara sobre quando já não fosse possível ver o rio das janelas deles. No entanto, a esposa o surpreendeu. Ela não reclamou sequer do barulho e da sujeira deixada pelos trabalhadores. Na verdade, até enviava Zaddie e Roxie com jarros de chá gelado e limonadas ao meio-dia. Não estava nem um pouco mal-humorada. Quando não ia visitar Queenie e o novo bebê dela, Elinor se sentava à varanda, balançando-se no banco e lendo revistas, apenas franzindo de leve as sobrancelhas quando vez por outra a brisa trazia consigo algum xingamento ou obscenidade dos trabalhadores.

Em uma manhã de domingo, enquanto estavam juntos na varanda do andar de cima, Oscar se levantou, andou até a tela e, com um gesto amplo, apontou para um ponto distante à esquerda.

— Eles vão levar o dique até cerca de 100 metros além do limite da cidade, só para garantir que não haverá problemas. Nunca se sabe, a cidade pode crescer naquela direção e alguém pode querer construir ali. Mas, no ritmo que estão agora, terminarão daqui a duas ou três semanas.

Ele se interrompeu, virou e olhou para a esposa, perguntando-se se não teria ido longe demais. Elinor, no entanto, continuava a se balançar na mais perfeita serenidade. Oscar arriscou comentar:

— Sabe, eu tinha achado que você ficaria irritada quando os homens da obra chegassem até aqui.

— Eu também — replicou Elinor. — Mas não adiantaria ficar irritada. Eu não poderia impedir o dique sozinha, poderia? E você não tinha dito que nunca conseguiria dinheiro algum do banco a não ser que o dique fosse erguido?

— É verdade. Isso já não é problema agora — respondeu Oscar.

Com um sorriso um pouco acanhado, Elinor disse:

— Talvez eu me sinta um pouco melhor sobre o dique.

— O que fez você mudar de ideia? — perguntou Oscar, curioso.

— Não sei. Acho que pensei que Early e o Sr.

Avant fossem cortar todos os meus carvalhos-aquáticos, mas Early assegurou a Zaddie esta manhã que conseguiria deixar todas as minhas árvores de pé.

– Mesmo assim, imagino que eu não vá convencê-la a ir à cerimônia de inauguração.

– Por Deus, não! – falou Elinor, rindo com alegria. – Oscar, eu já prestei uma pequena homenagem ao dique.

O dique estava concluído, e os trabalhadores foram pagos. Eles desapareceram tão depressa que as cinco mulheres negras que trabalhavam nas cozinhas ficaram com 180 quilos de carne de vaca, 135 quilos de carne de porco e 450 quilos de batatas. Eventualmente, graças à generosidade da prefeitura, esse excedente foi transferido para as frigideiras e panelas da Baixada dos Batistas.

Os dormitórios nos quais os homens tinham morado por quase dois anos foram limpos, isolados com tábuas e trancados a cadeado até que fosse encontrada uma utilidade para os edifícios. O pouco trabalho que restava poderia ser feito com facilidade pelos vinte negros que continuavam empregados por Early Haskew.

As duas mulheres brancas que tinham ido morar na Baixada dos Batistas voltaram para Pensacola quando sua clientela evaporou. A casa de apostas de Lummie Purifoy fechou e Ruel, filha dele, passou a confeccionar doces. Os indígenas em Little Turkey Creek encerraram duas de suas cinco destilarias. E Perdido, de forma geral, respirou um pouco mais aliviada.

A cerimônia de inauguração, organizada por James Caskey, foi realizada no descampado atrás da prefeitura; um palco triangular foi construído no canto em que o dique do alto Perdido se encontrava com o do baixo Perdido. James Caskey fez o discurso introdutório, recebendo os aplausos da cidade. Morris Avant se levantou e prometeu que se sentaria a uma mesa e comeria o campanário da Igreja Metodista se uma só gota de água do rio um dia aparecesse do lado do dique voltado para a cidade.

Early Haskew se levantou e afirmou que não havia cidade melhor ou povo mais amistoso em todo o Alabama e, para provar isso, ele tinha se casado com Sister Caskey e os dois estavam mais felizes do que pinto no lixo. Em seguida, Tom DeBordenave, Henry Turk e Oscar Caskey se levantaram um de cada vez para proclamar uma era de total prosperidade para Perdido graças ao dique.

Enquanto a plateia baixava a cabeça e os pastores faziam suas preces de louvor ao Deus dos metodistas, dos batistas e dos presbiterianos, o sumidouro no centro da confluência, logo atrás do palco do orador, porém invisível atrás da cortina de barro, fazia girar a água vermelha do rio Perdido e a água negra do rio Blackwater mais rápido do que nunca, sugando para o leito dos rios mais detritos (vivos e inanimados) do que o habitual, como se desejasse poder sugar toda a cidade de Perdido, fábricas, casas e habitantes incluídos.

Mas a potência combinada desses dois rios e a força desesperada do turbilhão na confluência não surtiu efeito nas barragens, de modo que a água corria e se precipitava, se agitava e rodopiava, em fluxo constante, observada pelas crianças corajosas e travessas que brincavam no topo do dique e por aqueles que, curiosos, olhavam para o rio da segurança da ponte que o atravessava debaixo do Hotel Osceola.

~

Perdido não era mais a mesma cidade. Nesse sentido, a previsão de Elinor Caskey se tornara realidade. Não era mais possível ver os rios que antes davam à cidade grande parte de sua personalidade, exceto durante os passeios ao longo do dique ou na travessia do centro para a Baixada dos Batistas. Naquele momento, Perdido via a barragem, cujas partes novas continuavam vermelhas, enquanto as construídas primeiro estavam cobertas do verde-escuro das trepadeiras de kudzu.

Durante os discursos no dia da inauguração, a cidade olhou em volta para o que tinha construído e, de repente, parecia ver o dique com olhos estranhos: era como se uma serpente inimaginavelmente longa tivesse saído do pinheiral para se enroscar em volta da cidade, uma protetora involuntária dos que habitavam sob sua sombra.

Perdido correu os olhos por aquela obra que se estendia, sinuosa, por todos os lados e, no fim da cerimônia de James Caskey, os aplausos talvez não tivessem sido tão entusiasmados quanto no começo.

∽

Em um fim de tarde quente em setembro de 1924, cerca de uma semana depois da inauguração do dique, Tom DeBordenave bateu à porta da casa de Oscar Caskey. Zaddie o deixou entrar, conduzindo-o até a varanda com tela do segundo andar, onde Oscar e Elinor estavam sentados no banco suspenso.

Tom admirou a bebê nos braços de Elinor, a

casa que tinha acabado de atravessar e a vista do dique do segundo piso da casa de Oscar. Provavelmente, poderia ter continuado admirando para sempre uma coisa ou outra caso Elinor não tivesse se retirado discretamente para deixá-lo a sós com Oscar.

– Oscar – começou a falar Tom –, nós estamos com sérios problemas. – Sem saber ainda o que "nós" significava, Oscar ficou calado. – A enchente foi um golpe duro para nós. Muito duro.

– Ela foi um golpe para todos – concordou Oscar com uma simpatia cautelosa.

– Para nós, foi pior. Eu perdi meus registros, meu inventário. As águas levaram embora. Tudo apodreceu até não restar nada!

– Tom, você se recuperou – falou Oscar, afável, confiante de que, ao dizer "nós", Tom se referia apenas à fábrica dos DeBordenaves. – Já está tudo de pé e funcionando de novo. É claro que é preciso tempo...

– É preciso *dinheiro*, Oscar. Dinheiro que eu não tenho.

– Bem, agora que o dique está construído, você pode pegar um empréstimo nos bancos de Pensacola. Ou nos de Mobile.

– Oscar, você não entende? Eu não *quero* consertar as coisas. Quero sair do negócio. – Ele suspirou. – Quero sair de Perdido.

– Isso tem a ver com John Robert? – perguntou Oscar em um sussurro.

– Caroline nem atende o telefone quando ele toca. Ela acha que vai ser algum pescador dizendo que apanhou John Robert no anzol e perguntando se ela poderia vir buscá-lo. E eu estou tão mal quanto ela. Pobre John Robert, eu sei que ele se afogou no Perdido, mas, meu Deus do céu, como eu queria que encontrássemos o corpinho dele para podermos ter certeza. Seria um consolo pô-lo em uma sepultura decente. Oscar, a Caroline está prestes a enlouquecer. Elizabeth Ann vai à escola, eu vou à fábrica, mas ela fica naquela casa sozinha o dia inteiro. Não sei o que vamos fazer. Mas sei que vamos embora de Perdido. Caroline tem parentes perto de Raleigh, e vamos para lá. O irmão dela trabalha com tabaco, tenho certeza de que vai conseguir me arranjar alguma coisa. Vou sentir muita falta deste lugar, mas temos que sair daqui e parar de pensar no pobre do John Robert. É por isso que eu vim aqui. Vim perguntar se quer comprar a fábrica.

Oscar soltou um longo assobio, inclinou-se para a frente e pousou as mãos nos joelhos.

– Tom, veja bem, não é comigo que precisa falar. Você sabe que James e a mamãe são os únicos com dinheiro nesta família.

– Eu sei disso. Também sei que é você quem toma as decisões. Sabe, Oscar, você pode achar que Henry e eu não sabemos o que está acontecendo, mas garanto que sim. Sabemos de tudo porque a Caroline e a Manda nos contaram.

Oscar franziu a testa.

– A Elinor tem falado alguma coisa?

– Não muito – disse Tom. – Mas o bastante para que Caroline e Manda entendessem tudo. Elinor acha que você não tem muito em seu nome. E Henry e eu achamos o mesmo. É por isso que estou oferecendo a *você* a fábrica, e não para James e Mary-Love.

Os dois homens passaram mais duas horas na penumbra da varanda. A negociação deles, o acordo considerado o mais significativo na história da cidade de Perdido, poderia muito bem ter sido sobre o preço de um lote de gravetos, a julgar pelo tom de voz suave e casual dos dois.

No Alabama, os verdadeiros negócios não eram conduzidos nos escritórios, nos pátios das fábricas ou ao balcão das lojas. Eles ocorriam nas varandas, em cadeiras de balanço, à luz do luar, ou talvez na barbearia, nos bancos dos engraxates ou no gramado atrás da Igreja Metodista entre a escola dominical e o culto da manhã, ou então nos quinze minutos que precediam a partida de dominó noturna às quartas-feiras na casa de Oscar.

– É claro que a verdadeira questão é: você tem o dinheiro? – perguntou Tom DeBordenave.

– Mamãe e James têm. Ou poderiam arranjá-lo. Não tenho um tostão além do meu salário e um punhado de ações.

– Pegue emprestado no banco. James vai aceitar ser seu fiador, mesmo que Mary-Love não aceite. E vou dizer o seguinte: se me pagar metade amanhã, pode me pagar o resto em cinco, dez anos, não me importo. Quero me livrar da fábrica e gostaria que ficasse com você.

– Tom, tem uma coisa que me preocupa.

– O quê?

– Henry Turk. Henry não vai ficar nada feliz se eu comprar seu negócio de repente e ele ficar ali, sentado à sombra dos Caskeys.

– Henry também está com problemas – falou Tom. – Você sabe disso. Ele não tem dinheiro para comprar meu negócio. Não faz sentido falar com ele.

– Não quero fazer com que o Henry se sinta mal – disse Oscar, balançando a cabeça.

– Nem eu, mas o que posso fazer? Quero vender o que tenho.

– Venda uma parte para Henry – sugeriu Oscar.

– Qual parte?

– A que ele quiser. Os clientes, o inventário, as contas a receber, o equipamento, as instalações. Tudo, menos as terras. Quero as terras para mim. Certifique-se de que eu fique com cada acre.

– Você está me pedindo para ter mais trabalho.

– Vai receber mais dinheiro se vender para dois em vez de um. E quero que o velho Henry se sinta bem em relação a isso. Se ele comprar sua fábrica, terá a *impressão* que me venceu, e vai ficar feliz. Tudo o que Henry quer é um pátio maior para andar, e tudo o que quero é a terra.

– Oscar, acho que é tolice sua comprar toda essa terra. Você nem corta o que tem agora. Sua fábrica não tem capacidade de processamento para isso.

– Ah, Tom, você tem razão. Veio ao homem certo para vender, pois sou péssimo nesse tipo de coisa. Mas o fato é que mamãe, James e eu já decidimos que queremos terra, então sempre que vemos um pedaço vindo em nossa direção pela estrada, fazemos sinal e embarcamos.

Os homens conversaram por ainda mais tempo, mas sem mudarem de assunto. O estilo de negociação do Sul ditava que qualquer acordo dessa complexidade deveria ser debatido até cada ponto ter sido analisado e aprovado no mínimo três vezes.

Assim, a questão ficava gravada não só nas mentes das partes envolvidas, mas também em seus corações. A pedido de Elinor, Zaddie levou uma bandeja com dois copos pequenos e uma garrafa de uísque pré-Lei Seca, de modo que a terceira ratificação do acordo transcorreu bem mais rapidamente com a ajuda da bebida.

⁓

Na manhã seguinte, Oscar levou James a um canto remoto do pinheiral e contou sobre a oferta de Tom. James achou que era uma oportunidade excelente para Oscar e, com a decisão do sobrinho de ficar somente com a terra, tudo ali poderia ser mantido mais ou menos em segredo de Mary-Love. Caso contrário, ela se oporia a qualquer plano pelo qual seu filho alcançasse algo que se parecesse com independência financeira – mesmo que essa suposta independência não passasse de uma dívida de 250 mil dólares.

Ainda naquela semana, uma espécie de pacto envolvendo os três proprietários de madeireiras tinha sido negociado em relação aos ativos dos

DeBordenaves. Henry Turk, como previra Oscar, ficou com as instalações físicas ao longo do rio Blackwater – ou seja, todos os terrenos, prédios, inventário e maquinário. Isso lhe custou 300 mil dólares, que ele pagaria em oito parcelas sem juros. Tom DeBordenave pôde aceitar essa pechincha porque Oscar estava pagando um valor igual, em dinheiro emprestado do banco de Pensacola, por 37 mil acres de área florestal em sua posse nos condados de Baldwin, Escambia e Monroe.

Dois advogados vieram de Montgomery, instalaram-se no Hotel Osceola e passaram uma semana inteira trabalhando nos trâmites necessários para a transferência. O anúncio da partilha da propriedade dos DeBordenaves só foi feito depois de tudo ter sido assinado. A notícia causou um grande choque em Perdido, e todos os habitantes ficaram atordoados, perguntando-se como a mudança os afetaria.

Tom e Caroline – sem o filho, sem propriedade e sem status – fizeram as malas e partiram para a Carolina do Norte. Mary-Love e Manda Turk só tiveram tempo de levar Caroline para almoçar um dia em Mobile e lhe dar, com olhares marejados, um broche de diamante e rubi na forma de pavão. Durante essa refeição, Mary-Love descobriu que era

Oscar, e não ela ou James, que possuía os acres que antes pertenciam aos DeBordenaves. Ela se sentiu tão humilhada e furiosa pela arrogância de James e Oscar que, no dia seguinte, sem falar nada a ninguém, levou Sister, Miriam e Early em uma viagem de duas semanas a Cincinnati e Washington, D.C.

– Eles vão voltar – falou Elinor, despreocupada. – Mary-Love e Sister vão cuidar bem de Miriam. Estou tranquila.

Nada poderia ter abalado a serenidade de Elinor naquele momento. O dinheiro de verdade de Perdido, que antes era dividido igualmente entre três famílias, agora era dividido apenas entre duas. Oscar, que antes não tinha parcela daquela fortuna, agora era um homem rico em terras repletas de madeira espalhadas por três condados.

Embora não pudesse mais ver o rio de onde se balançava no banco suspenso, Elinor continuava a passar as tardes na varanda do andar de cima, onde fazia Frances saltar para cima e para baixo no joelho e falava em tom afetuoso:

– Oh, meu tesouro de bebê! Um dia, seu papai vai ser dono de *todas* as madeireiras ao longo do rio. E um dia vamos ter uma caixa cheia de concessões de terras, e cada acre que possuirmos terá um rio, um córrego, um regato ou um ribeiro para a minha bebê linda brincar. E Frances e a mamãe terão mais vestidos, mais pérolas e mais coisas bonitas do que todo o resto das pessoas de Perdido juntas!

~

John Robert jazia imolado no dique, o sacrifício justo que a cidade consagrou ao rio que carregava seu nome. A morte do menino havia permitido que a obra fosse concluída e dado a Oscar a posse da terra que tornaria a fortuna dos Caskeys ainda maior do que a própria Elinor imaginara.

Os pais de John Robert tinham ido embora de Perdido, e o cascalho na boca do menino o impedia de chamar por eles. Barro vermelho não deixava que seus braços decepados acenassem para chamá-los de volta. Não podia correr atrás dos pais, pois terra preta prendia suas pernas cortadas. Mesmo assim, dilacerado, preso e enterrado, John Robert DeBordenave ainda tinha assuntos pendentes com Perdido, com os Caskeys e com a mulher responsável pela sua morte.

CAPÍTULO 15

O closet

Nos anos que se seguiram, Perdido cresceu consideravelmente. O dique tinha sido o principal motivo do aumento da população, da riqueza e da proeminência da cidade. Nem todos os homens que trabalharam na obra foram embora depois de sua conclusão. Alguns receberam ofertas de trabalho nas madeireiras, as aceitaram e se estabeleceram ali.

Os bancos de Pensacola e Mobile, vendo o futuro das fábricas protegido pelas barreiras de terra, estavam dispostos a emprestar o dinheiro de que os proprietários precisavam para expandir seus negócios. Tanto a madeireira dos Caskeys quanto a dos Turks tiraram vantagem disso para comprar mais terras e encomendar mais equipamentos, ajudando a financiar uma ramificação dos trilhos da ferrovia que ia desde as fábricas até a linha Louisville-Nashville em Atmore. Com essa linha oportuna, e os caminhões produzidos em Detroit, os rios eram usados cada vez menos para o transporte das madeiras derrubadas e da madeira produzida. Os rios Perdido e Blackwater já não possuíam a mesma importância econômica esmagadora na cidade.

Com exceção da parceria para construir a ramificação da ferrovia, que era mutuamente vantajosa, as duas madeireiras seguiram caminhos distintos. A única coisa em que Henry Turk pensava era fazer mais do que sempre fizera, porém em maior escala. Oscar e James Caskey, por sua vez, perceberam que a demanda por madeira poderia não continuar a mesma para sempre, então decidiram diversificar.

Dessa forma, em 1927, James e Oscar compraram os dormitórios no outro lado da Baixada dos Batistas, convertendo as instalações em uma fábrica de caixilharia para portas e janelas. O desemprego em Perdido foi reduzido a zero. No ano seguinte, uma pequena fábrica de madeira compensada foi construída em anexo, possibilitando aproveitar a madeira de lei na baixada aluvial que não tinha outra utilidade.

Henry Turk se escangalhava de rir dos Caskeys, pois era óbvio que essas operações não eram tão lucrativas quanto a mera produção de madeira para construção. Os Caskeys estavam endividados por conta do capital necessário para iniciar o novo negócio, tinham folhas de pagamento muito superiores e a demanda por caixilhos de janelas e compensados de madeira era instável, o que não dava sinais de mudar. Os Caskeys ignoravam as risadas de Henry, esperando apenas que essas novas operações se tornassem solventes para estabelecer uma fábrica de estacas para cercas e postes para serviços públicos.

Oscar pretendia utilizar todas as partes da árvore. Nada deveria ser desperdiçado. Tudo deveria gerar produtividade e valor. Early Haskew estava reformulando a fábrica de gás para que pudesse aproveitar as cascas e a serragem que eram um subproduto das operações de corte. A queima do refugo já aquecia as fornalhas que secavam a madeira e a polpa.

Igualmente importante para Oscar era a manutenção das florestas. Ele contratou homens do departamento florestal de Auburn e os chamou para conversar. Com a consultoria deles, instituiu um sistema de corte seletivo e replantio intensivo. O objetivo dele, alcançado rapidamente, era plantar mais árvores do que cortava. Ele montou uma estação experimental perto das ruínas de Fort Mims, na esperança de criar uma cepa mais robusta de pinheiro-amarelo. Trocava correspondências com departamentos de agricultura de todo o Sul e, no mínimo uma vez por ano, fazia viagens de inspeção para outras madeireiras do Texas à Carolina do Norte.

A energia de Oscar era surpreendente. Certamente nunca tinha feito tanto na vida. Seu trabalho havia deixado a fábrica em boas condições durante a última década, mas todos aqueles negócios adicionais eram algo novo. Perdido não estava habituada a uma expansão tão rápida, a inovações tão explosivas. A cidade tendia a concordar com Henry Turk, que considerava que Oscar estava exaurindo a fábrica e seus recursos. Vez por outra, Mary-Love reclamava com James que o filho estava levando a madeireira à ruína, mas James se recusava a interferir. Mary-Love não falava com o filho sobre os negócios da família, pois sabia que ele não daria ouvidos a seus conselhos. Não queria ter um pedido recusado.

Com o passar dos anos, ficou cada vez mais claro que Elinor Caskey era, na verdade, a força por trás dos planos arrojados do marido. Mesmo que não desse as sugestões, ao menos o incentivava a se manter no caminho da diversificação e da inovação. Foi Elinor quem o mandou a Spartanburg, na Carolina do Sul, para avaliar as grandes madeireiras da região, bem como a Little Rock para ver a nova fábrica de gaveteiros de madeira.

Era um mistério por que Elinor faria o marido gastar tanta energia em um assunto que renderia tão pouco. Se a fábrica fizesse muito dinheiro, todo o lucro seria dividido entre a mãe e o tio de Oscar. Ele continuaria a ganhar apenas o salário. Mary-Love era uma mulher saudável e forte, que não morreria tão cedo. Além disso, ninguém duvidava que fosse capaz de deixar todo o dinheiro para Sister e Early Haskew, só para humilhar Elinor do próprio túmulo.

Oscar continuava com uma dívida considerável devido à compra das terras dos DeBordenaves em 1924. Ele recebia dinheiro da fábrica pelas árvores cortadas em suas terras, que era usado para pagar os juros do empréstimo, mas, até o momento, muito pouco do capital em dívida tinha sido abatido, e o que restava das receitas obtidas da madeira mantinha sua mulher e sua filha com roupas decentes, mas não muito mais do que isso. Elinor e ele continuavam em uma situação bastante precária.

– Eu bem queria poder levar você a Nova York

por uma ou duas semanas – disse Oscar a Elinor, com uma expressão de desgosto.

– Nem pensar, Oscar! – respondeu Elinor com indiferença sincera. – Você sabe que não temos dinheiro para isso. Além do mais, o rio Perdido não passa por Nova York, então por que eu iria querer ir até *lá*?

Desde que estivesse convencida de que o marido trabalhava muito e tentava transformar tudo em vantagem, Elinor estava satisfeita. Mary-Love sempre viajava para Mobile, Montgomery e Nova Orleans para comprar vestidos e toalhas de mesa de renda, enquanto Elinor mal tinha um centavo sobrando para substituir uma linha marrom que acabasse.

Mas ela não reclamava. Ficava sentada o dia inteiro em casa, na varanda de cima, balançando-se e costurando. Ensinara Frances, agora com 5 anos, a ler e a escrever, para que não tivesse dificuldade ao começar a escola. Quase todos os dias, Elinor subia até o topo do dique, agarrando-se aos troncos dos brotos de carvalhos-aquáticos que havia plantado nas encostas barrentas, e passeava ali em cima, observando absorta a água vermelha revolta do rio Perdido.

Frances não se lembrava da época em que o

quintal de areia nos fundos da casa costumava levar ao rio. Conhecera apenas o dique, aquela barreira íngreme e espessa de terra e barro vermelhos, que pouco a pouco se cobria de um manto de carvalhos-aquáticos e kudzu. Não tinha permissão para escalá-la, a não ser que a mãe a carregasse, e tampouco tinha permissão para enfiar a mão debaixo das folhas gordas e achatadas do kudzu implacável, pois cobras se reproduziam em profusão ali.

– E outras coisas também – afirmava Ivey Sapp. – Coisas que estão à espera para morder a mão de garotinhas.

Frances sentia inveja das crianças que podiam brincar na barragem, como Malcolm Strickland, que andava o tempo todo de bicicleta de um lado para outro, por toda a extensão dela, sempre que não estava na escola.

Elinor levava a filha para passear de barco no pequeno bote verde de Bray Sugarwhite. A menina não se cansava de ouvir a história de como a mãe tinha sido resgatada do Hotel Osceola por Oscar e Bray e levada para um lugar seguro naquele mesmo bote, enquanto Bray remava com aqueles mesmos remos.

A menina ficava assustada sempre que se aproximavam da confluência, agarrando firme os lados do barco. Tentava ao máximo não demonstrar medo, pois seria um desrespeito à mãe, que Frances julgava ser capaz de qualquer coisa. Elinor sem dúvida era capaz de passar como um raio pela confluência sem que o bote de Bray fosse sugado para o fundo do leito do rio, tendo provado isso a Frances diversas vezes.

Havia algo de sobrenatural em flutuar pelo rio entre aquelas colinas de barro vermelho. Frances sabia que as casas, lojas e calçadas de Perdido estavam logo do outro lado, mas, enquanto deslizava pelas águas, não conseguia sequer ver a torre do relógio da prefeitura; portanto, não sentia que houvesse vida humana tão perto. A mãe e ela estavam em meio a uma natureza solene, de forma tão profunda e sublime quanto se estivessem a mil quilômetros de distância de qualquer pessoa além delas mesmas.

– Ah! – Elinor suspirou certa vez, sem que Frances soubesse se a mãe estava falando com ela ou refletindo para si mesma. – Eu costumava odiar o dique. Odiava a simples ideia dele, mas, nesses dias em que vou remando pelo rio, eu me lembro de como era antes de sequer *haver* a cidade de Perdido, madeireiras, pontes e carros.

– A senhora se *lembra*, mamãe?

Elinor riu.

– Não, querida, estou só imaginando…

A cidade perturbava a paz do rio entre as barragens apenas na ponte que cruzava o Perdido debaixo do Hotel Osceola. Vez por outra, carros passavam pela ponte, além de crianças em suas bicicletas, e quase sempre havia uma idosa negra ali, com uma vara de pesca e uma gaiola de grilos como isca, debruçada sobre os cotovelos na balaustrada de cimento, tentando evitar que o marido precisasse gastar dinheiro com uma peça de carne de porco para o jantar.

Frances teria gostado desses passeios, não fosse por uma sensação vaga de que sua mãe esperava que ela dissesse algo ou *sentisse* algo. Enquanto olhava para aquela água que corria veloz, tão lamacenta que não era possível ver 30 centímetros abaixo da superfície, Frances era obrigada a negar com a cabeça quando a mãe lhe perguntava:

– Não dá vontade de mergulhar?

Frances aprendera a nadar no lago Pinchona, tendo se habituado rapidamente à água límpida do poço artesanal que enchia a piscina que havia ali. Conseguia mergulhar, nadar debaixo d'água e prender a respiração por mais tempo do que qualquer um de seus amigos. Sua mãe lhe prometera que, se Frances um dia quisesse nadar no Perdido, ela a protegeria do turbilhão na confluência, das sanguessugas que havia nas margens, das mocassins-d'água e de todo o resto que pudesse se esconder na correnteza lamacenta.

– Mas você nem precisa se preocupar com essas coisas – garantiu Elinor –, pois é minha filhinha. O rio é como um lar para mim. Qualquer dia desses, também será como um lar para você.

Elinor nunca pressionava Frances a nadar no rio, e Frances nunca dizia à mãe que não era por medo que não tentava fazê-lo, mas sim por conta da familiaridade perturbadora que sentia em relação ao Perdido. Como não entendia essa familiaridade, ela não queria aceitá-la.

Frances poderia ter apenas 5 anos, mas já possuía vagas memórias de uma época que lhe parecia impossivelmente mais antiga. O rio Perdido pertencia a essa época, assim como uma criança, um menino da idade da sua prima Grace, com quem ela se lembrava de ter brincado na passagem entre o quarto da frente e o quarto dela. Mas, até onde sabia, ela nunca havia nadado no Perdido, e o menino vagueava sem nome pela sua memória.

Frances era uma criança dócil, não muito inclinada a reclamar. Ela nunca comparava sua sorte à dos outros, nunca dizia a outra menininha "Odeio isso, e você?" ou "Fico com tanta raiva quando a mamãe me diz isso". Ela imaginava que cada emoção que a invadia era sua e não podia ser compartilhada com mais ninguém, e que certamente nunca havia sido sentida por outra pessoa em Perdido. Por considerar pouco importantes os próprios sentimentos, Frances nunca os verbalizava, nunca buscava ser elogiada, tranquilizada, corrigida ou corroborada em nada que pensasse ou sentisse.

O que mais se destacava nesses silêncios rigorosos eram os pensamentos de Frances em relação à casa em que vivia. Sabia um pouco sobre a história dela: sua avó a havia construído como um presente de casamento para os pais dela, mas, durante um bom tempo, recusara-se a dá-la para os dois. Quando Miriam nasceu, Mary-Love disse: "Se derem Miriam para mim, vocês poderão se mudar para a casa." É por isso que Miriam vivia com a avó e Frances estava sozinha.

Frances não via nada de incomum, cruel ou injusto nessa história. O que a preocupava não era o fato de Miriam ter sido usada como moeda de troca pela liberdade dos pais, mas sim o que tinha acontecido na casa durante o tempo em que ficara vazia. Essa preocupação foi instigada por Ivey

Sapp, a cozinheira de Mary-Love, que havia contado a Frances a história um dia em que a menina estava sentada à cozinha da casa da avó.

Frances ficou fascinada ao imaginar todos os móveis cobertos por lençóis.

– Quer dizer que a minha casa ficou toda fechada e vazia? – perguntou Frances. – Que engraçado.

– Não, não é – retrucou Ivey. – Não é nada engraçado. Nenhuma casa fica vazia. Tem sempre alguma coisa que vai morar nela. Mas é melhor garantir que seja *gente* que vai entrar primeiro.

– O que quer dizer com isso, Ivey?

– Nada – respondeu Ivey. – O que estou dizendo, filha, é que você não pode ter uma casa que fica ali sem ninguém dentro, com todos os móveis cobertos de lençóis, adesivos ainda colados nos vidros das janelas e todas as chaves nas portas sem que alguém se mude para lá. E quando digo *alguém*, não quero dizer necessariamente pessoas brancas ou negras.

– Indígenas?

– Também não são indígenas.

– Então o quê?

Ivey fez uma pausa e, por fim, falou:

– Se você não viu, então não tem importância, não é mesmo, filha?

– Nunca vi ninguém na nossa casa além da mamãe, do papai, da Zaddie e de mim. Quem mais mora ali?

Elas foram interrompidas pela avó de Frances, que tinha acabado de entrar e comentou:

– Sua mãe deixa você vadiar o dia inteiro sem supervisão, minha filha?

Frances foi mandada para casa antes que pudesse descobrir quem mais poderia habitar o lugar onde vivia.

⌒

Frances recordou aquela conversa por um bom tempo, embora tivesse esquecido por que tinha estado na cozinha de Mary-Love quando era tão raro que fosse à casa da avó e quase nunca estivesse sozinha ali. Às vezes, até pensava que tudo não passara de um sonho, por parecer tão desconectado de qualquer outra lembrança. Seja como for, ela nunca descobriu se o que Ivey dissera havia afetado sua atitude em relação à casa ou se apenas confirmara algo que já começava a sentir.

Frances achava que deveria amar a casa. Era grande, a maior da cidade, com muitos cômodos. Tinha um quarto só para ela, além de uma banheira e um closet próprios. Os corredores eram amplos e longos. Todas as portas externas e as janelas do salão tinham vitrais, de modo que à tarde o sol tingia todos os pisos de cores brilhantes. Se Frances ficasse sentada naquela luz colorida e segurasse um espelho à sua frente, ela se veria pintada de vermelho, azul-cobalto e verde-marinho.

A casa tinha mais varandas do que qualquer outra na cidade. No primeiro andar, havia uma varanda aberta na frente, estreita e longa, com cadeiras de balanço de vime verdes e samambaias. Acima dela, havia outra varanda, cuja entrada era no corredor do segundo andar. Era do mesmo tamanho, com mais cadeiras de balanço e uma mesa com revistas. Na parte de trás do primeiro andar, ficava a varanda da cozinha, protegida por uma treliça para permanecer fresca no verão.

No segundo andar, nos fundos, ficava a maior de todas, o quarto-varanda, com bancos suspensos e redes, samambaias, tapetes de tricô, namoradeiras, luminárias de pé com franjas e mesinhas. O quarto da própria Frances tinha uma janela com vista para a casa da avó e outra que se abria diretamente para essa varanda com tela. Era uma sensação deliciosa, pensava Frances, ir à janela do quarto e ver que havia, basicamente, outro quarto.

À noite, quando ia dormir, ela podia se virar

na cama, olhar por aquela janela através das cortinas de renda leves e ver as silhuetas dos pais, que se balançavam devagar no banco suspenso e conversavam baixinho para não incomodá-la. Às vezes, Frances ia para o quarto-varanda e olhava pela janela para o próprio quarto, ficando sempre espantada ao ver como parecia diferente daquela perspectiva.

Do lado de fora, a casa era pintada de um branco reluzente, como quase todas as casas de Perdido, mas o interior ficava na penumbra. A luz do sol nunca penetrava muito longe nos quartos. Os papéis de parede eram todos em padrões escuros e sutis. Todas as janelas tinham toldos de lona cor de âmbar, venezianas, cortinas de renda e, por fim, cortinas forradas. No verão, tudo isso ficava fechado contra o calor, sendo aberto somente ao anoitecer. As noites de luar traziam mais luz natural à casa do que as tardes de verão mais ensolaradas.

A casa também tinha um cheiro peculiar, uma mistura da areia alvejada pelo sol que a cercava, do barro vermelho, do rio Perdido que corria do outro lado dela, da umidade das paredes escuras e dos quartos amplos na penumbra, da comida que Zaddie preparava na cozinha e de algo que tinha vindo com o vazio da casa e nunca fora embora.

Até nos meses de estiagem, quando as plantações dos fazendeiros murchavam nos campos e as florestas ficavam tão secas que um relâmpago poderia incendiar acres inteiros em cinco minutos, a casa mantinha um leve cheiro de água do rio, de tal modo que os papéis de parede pareciam úmidos, envelopes novos grudavam e massas de tortas não ficavam boas. Era como se toda a casa fosse envolvida em uma névoa invisível que tivesse se erguido do rio Perdido.

Essas eram as principais percepções que Frances tinha da casa em que vivia, mas havia outras impressões mais obscuras, menos tangíveis, que ela sentia imediatamente após acordar e que se perdiam em um instante, ou que eram elaboradas no último momento antes de adormecer e jamais recordadas, ou sentidas de forma tão fugaz que nunca poderiam ser recuperadas por completo. No entanto, uma centena dessas impressões, somadas e amarradas pelo fio das palavras e insinuações de Ivey, deixara em Frances a impressão distinta de que os pais, Zaddie e ela não estavam sozinhos naquela casa.

O medo que Frances tinha da casa estava confinado ao quarto da frente, o que ficava na parte dianteira do segundo andar. Uma das janelas desse quarto dava para a casa da avó, enquanto uma segunda se abria para a varanda estreita da frente. O quarto tinha sido reservado para visitas, mas os pais de Frances nunca recebiam convidados para passar a noite.

Entre esse quarto e o de Frances, havia uma pequena passagem com uma porta em cada lado, equipada com prateleiras de cedro para armazenar roupas de cama. Frances achava que o que quer que estivesse no quarto da frente poderia atravessar essa passagem e abrir a porta do quarto dela sem que seus pais (na outra ponta do longo corredor) se dessem conta de nada. Todas as noites antes de ir para a cama, Frances verificava se a porta daquela passagem estava trancada.

Quando Zaddie limpava o quarto da frente, Frances às vezes se arriscava a entrar, apesar do medo. Aterrorizada, buscava evidências que confirmassem seu medo de que o quarto era habitado. Mesmo enquanto fazia isso, Frances sabia, no fundo do coração, que o que quer que vivesse ali não morava no quarto em si, mas no closet.

No centro da parede dos fundos do quarto da frente, havia uma lareira com azulejos pretos e creme, com uma grelha para queimar o carvão. À esquerda dela, via-se a porta da passagem que levava ao quarto de Frances, enquanto à direita ficava um pequeno closet. Ali, estavam reunidos os primeiros medos de Frances em relação à casa.

A porta do closet era a coisa mais apavorante que Frances poderia imaginar. Seu formato era bizarro, menor do que qualquer outra porta da casa, com apenas 1,37 metro de altura, quando todas as outras tinham no mínimo mais de 2 metros. Entre a razão e a emoção, Frances calculava que qualquer coisa que se escondesse naquele closet deveria ser menor do que quer que pudesse estar à sua espera atrás de qualquer outra porta, e aquela discrepância a enchia de pavor.

Naquele closet, a mãe de Frances guardava as roupas que menos usava, mas ainda queria manter: vestidos fora de estação, sobretudos, sapatos, bolsas de mão, chapéus grandes demais. Cheirava a naftalina, penas e pele de animal. Quando aberto, o closet revelava uma superfície plana de couro, tecido e lantejoulas escuras. Como não havia luz ali, Frances não fazia ideia de até onde se estendia, seja para os lados ou em profundidade. Em sua imaginação, não tinha dimensões fixas, expandindo-se e contraindo-se segundo os caprichos de qualquer que fosse a criatura que se abrigasse lá dentro.

Casas construídas sobre palafitas, como eram todas as casas dos Caskeys, estavam fadadas a balançar um pouco a qualquer passo ou movimento em falso. Taças retiniam nas cristaleiras da sala de jantar. Portas soltavam dos trincos. Frances entendia isso racionalmente, mas ainda lhe parecia que o closet era a câmara de eco para todas as vibrações na casa. Aquele lugar balançava a cada passo que se dava. Guardava ruídos avulsos como se fossem tesouros. Quando achava que ninguém estava prestando atenção, iniciava os barulhos, vibrações e tremores por conta própria.

Frances sabia disso tudo, mas não contava para ninguém.

No entanto, quando parecia que ela havia sido deixada sozinha em casa, como às vezes acontecia à tarde, Frances inventava alguma desculpa para visitar Grace duas casas mais adiante, ou implorava que lhe permitissem ir andando até a casa dos Stricklands.

Se a permissão fosse negada, ou se não encontrasse uma desculpa para sair, Frances não ficava sozinha lá dentro. Ela esperava pacientemente, sentada nos degraus de entrada, até alguém voltar. Se estivesse chovendo, ficava na varanda da frente na cadeira mais próxima dos degraus, de modo que, se escutasse alguma coisa se mover lá dentro, pudesse escapar rápido para o quintal.

Nesses momentos infelizes, Frances nem mesmo se virava para espiar pelos vitrais das janelas do salão, por medo do que pudesse olhar de volta para ela. Para a garotinha, a casa parecia uma cabeça gigante, enquanto ela não passava de um pedaço de carne posicionado convenientemente em sua boca aberta. A varanda da frente era aquela boca sorridente, o parapeito branco da varanda eram os dentes de baixo, o friso de madeira ornamental mais acima eram os dentes de cima, a cadeira de vime pintada em que ela estava empoleirada era a língua verde, oscilante. Frances ficava sentada ali, balançando e se perguntando quando as mandíbulas se fechariam.

Assim que alguém voltava, a casa perdia toda sua malevolência ameaçadora por algum tempo. Frances saltitava alegremente atrás de Zaddie ou da mãe, pensando na própria tolice. Nesse primeiro arroubo de bravura, Frances corria para o andar de cima, escancarava a porta do quarto da frente, olhava para dentro e sorria para o fato de que não havia nada ali. Às vezes, ela abria uma gaveta da penteadeira, em outras, se ajoelhava para olhar debaixo da cama... mas nunca se atrevia a tocar a maçaneta da porta do closet.

CONHEÇA A SAGA BLACKWATER

I. A enchente

II. O dique

III. A casa

IV. A guerra

V. A fortuna

VI. A chuva

Para saber mais sobre os títulos e autores da Editora Arqueiro,
visite o nosso site e siga as nossas redes sociais.
Além de informações sobre os próximos lançamentos,
você terá acesso a conteúdos exclusivos
e poderá participar de promoções e sorteios.

editoraarqueiro.com.br